以後務必像對待我一樣寵溺我們的女兒喔。

還有許多說不完的感謝之情，
就放在心裡，用行動幫我說明。

All of you make me become myself.

December 2017, Amber. L

教導我所有的對與錯，
並且一項也沒有說錯。
我必不忘初衷，用力長成一個有用的人，
幫助更多如過往的我一樣迷茫的他們。

謝謝看到這裡的你：
不知道你只是晃晃路過或是打算長期居留了，
可我想告訴你，你會來到這裡，不是偶然。

如果我這裡有一些你剛好需要的慰藉、力量或光芒，就
拿去吧！
拿去撫平壯大自己，爾後就能照亮他方。

希望你不會後悔看到這裡，
也不介意往後的日子繼續看下去。

最後，謝謝你：
你是工匠、你是畫家、你是所有世間美好的總和。你修
補了破碎的我、你替我的世界灑進了彩虹、你說你愛
我。

我是不是還沒有跟你說過，我要定你了喔。

謝謝我的摯友們：

你們看著我將自己丟進火坑，一兩次不夠還要第三次。
每一次你們替我裝了水桶般的善意，在我要燒壞自己以
前，澆熄我的無可依戀，替我包紮清創，並且不計較我
又要嚎啕不已。

你們就是這麼好，就是這麼好啊！
我那麼幸運，怎麼可以不珍惜？

你們帶給我的快樂，我就要加倍奉還了。
沒有什麼還要說的，就是我愛死你們了。

謝謝我的家人：

「她是我妹，只有我可以欺負她。」
依稀能想起來，
姐姐好像在我又一次委曲求全的時候說過這一句話。
現在我懂了，
妳那些令人喪氣的冷嘲熱諷不過是不要我大起大落。

還有母親，
那個什麼都不要只要我平安快樂就好的女人。
妳親手拉拔我，

自序

寫下一些，終於可以再愛了以後的心存感激與僥倖。

謝謝我的身體：
明知自幼體弱多病，有著一副應該要溫柔善待以防破碎
的軀體。
我卻不知好歹，身懷一顆頑童的心，
認為皮肉痛算什麼，心上痛才是痛上加痛，
於是在排拒自己與世界分離的時候熬夜、在悲傷或者想
念的時候喝酒、在豪雨之下騎著馬唱歌、在被他拋下而
無處可去的時候窩縮成一團不健康的軟肉不吃不喝。
辛苦你了。
所有喝下去的酒，流出來的淚，
都不會是不明不白不具意義的。

從今以後，我會學習善待你的。
謝謝你的即使不堅強也從未倒下。

安柏 說

Amber. L　著

自序　005

起始於十五：　015
我在十五歲的青春裡，
提筆尋找自己。

01／序曲　016

我與大魔王：　017
原裝的情意與恨意，
以及一點感激與僥倖，
通通來自你，
也都還給你。

02／我的溫柔　018
03／相愛的小事　020
04／了不起的愛情　022
05／多希望你在　024
06／於是分手以後　027
07／月圓人團圓　030
08／放下和遺忘　033
09／做彼此生命中的好人　037
10／不愛的人不會知足　039
11／都回來了　040

12／自由意志的愛情　　042

13／你真噁心　044

14／你的生日　047

15／無可救藥　049

16／大魔王　　050

17／你還好嗎（我很想你）　　053

18／最後一封信　　057

19／小帳號　063

愛過的證明：　067
感謝那些曾與我相戀的人，
因為相戀本身就是奇蹟。

20／砲友　　　068

21／砲友・續　　071

22／人鬼殊途　　073

23／好好先生　　075

24／不必要的愛情　　078

25／回頭草的意義　　081

26／喜歡的本質　　083

27／好好的　　086

28／戀愛有期　　087

29／一對一　　088

30／好好在一起　　090

31／檯面上的愛情　　092

32／可以不要生氣　　094

33／前女友　　095

34／慢慢來　　097

35／爛人　　099

36／Heaven and Hell　　101

37／好喜歡你喔　　103

38／想要的愛情　　106

39／紀念日　　108

40／愛你因為你是你　　111

41／腳踏實地的愛情　　114

42／你的人　　116

43／一或零　　119

44／麵包之於愛情　　120

45／愛情學分　　122

46／當局者清　　124

47／遇見你　　127

48／失去的自己　　130

49／控制狂　　131

50／你們沒有在一起　　134

Contents

51／最勇敢的事情　　138

52／明天的　我愛你　140

53／愛小姐　　144

54／把鼻　　149

55／初戀　　153

56／情人節　　157

陌生而親愛的妳：　　159
願妳溫柔而且善良，
比誰都還要愛自己。

57／想要戀愛的妳　　160

58／最喜歡自己　　162

59／單身情人節　　164

60／日記　　166

61／朋友話要聽　　168

62／戀愛的資質　　170

63／光棍節　　172

64／不偉大的傷心　　174

65／難過都是過程　　176

66／失戀人指南　　179

67／光芒　　181

68／恐龍尤物　184

69／我的短髮　187

70／Love Letter　189

71／出色的大人　192

72／新年　194

73／不完美女孩　197

74／脫隊　201

75／你要等　206

76／愛自己　210

77／愛自己・續　216

關於我自己：　221
一些未寄出的信，
以及自言自語，
都留在這裡。

78／Dear Dreamer　222

79／Dear Grandma　223

80／Dear Ray　225

81／Dear Daddy　227

82／Dear Bestie　229

83／Dear Flora　231

Contents

84／Dear Jennifer   233

85／Dear the Bisexual   236

86／Dear My Girlfriend   237

87／Dear Anyone Who Wants to Be Fearless   240

88／Dear Mr. Bully   244

89／Dear the Past   246

90／Dear Women   248

91／Dear Mongolia   250

92／Dear Amber. L   253

微小說：   **255**

用第三者的角度寫日記，

詮釋我愛你。

93／壹   256

94／貳   258

95／參   261

96／肆   263

97／伍   265

98／陸   267

99／柒   269

Contents

起始於十五：

我在十五歲的青春裡，

提筆尋找自己。

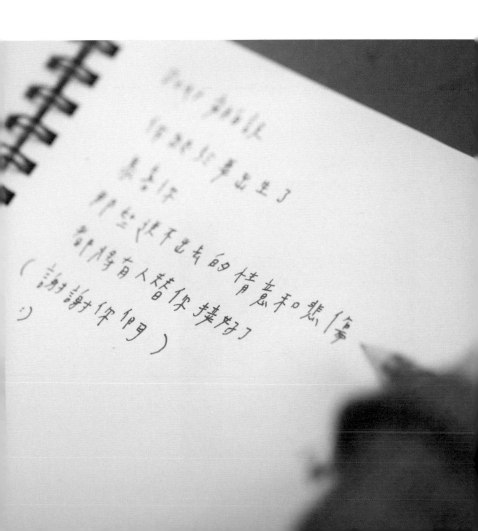

01／序曲

意外間翻到了，
大概是十五歲的文字。
看了好心疼自己，
原來我在那麼久以前就是個習慣拿悲傷做文章的孩子。

於是乎，接下來的文字，
所有你們看了感動流淚的故事，
都曾經是把我絞的就要不成人形的事故。

所以不要再稱羨，
妳要好好的，才是最好的。

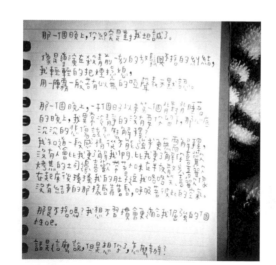

我與大魔王：
原裝的情意與恨意，
以及一點感激與僥倖，
通通來自你，
也都還給你。

02／我的溫柔

即使這是我最匱乏的，
因為你要，我就給。

這是，我的溫柔。

我的溫柔不是嗲聲嗲氣。
我從小就在公園和男孩子稱兄道弟，
我辦不到不像自己，如同我辦不到沒有你。

我不會煮飯，和洗衣機合不來；
討厭一塵不染，沒有生活感。
但我知道巷口的牛肉麵你會喜歡，
我可以為你配小菜，
我會切好一盤水果，
放好熱水，在家守著你回來。

我不會叫你寶貝。
它應該要是動詞，而不是名詞。
我不會每天都提醒你我愛你，

但我會在每次大吵大鬧後搔著你的肚子直到彼此笑出
來。

這是我的溫柔。

我的溫柔不多，
勉強有一人份，
我全都給你了。

還請你善加利用，未來多多指教了。

03／相愛的小事

以後的那些小事，關於我和你相愛的事。

不要過分浪漫鋪張的旅行，
成年了以後就知道時薪不應該揮霍在這裡。
我們要的不是一個夜晚的總統套房，
是頭期款不用向父母伸手就能付清的，
巷口有家屈臣氏讓我流連就好的小套房。
我們不要穿金戴銀卻流離失所，
我就要和你安身立命。

不要買她們以虛榮心為名爭相要擁有的名牌首飾或者限
量球鞋。
我不吃那一套不是自命清高，是因為真的沒有必要。
我只想要和你牽著手走進戲院，
從第一集看到上部曲再到最終章。
我們會一同笑罵編劇的續寫能力、
討論哪個演員怎麼一夕間暴肥，
然後才發現事已隔三年。

你能給我最好的禮物，
就是日子無論過了多久，
我們十年如一日的相愛，一愛再愛。

我想和你看盡人間百態，走過滿城風雨，
那些年出道的女星如今已為人妻，
而我的每一個清晨的第一個念頭，
依然會是你。

我要你知道，
我有多幸運是你。

04／了不起的愛情

小一點的時候，
我想過自己要的愛情。

大概比少女漫畫再無趣一些，
不知好歹的愛上，
不計後果給了給不完也給不起的承諾，
不用多久就傷心的分手。

再來的日子，
我像是被自己的想像反咬了一口，
我才知道原來犯了錯不是哭著說對不起就可以，
原來沒法兌現的承諾會在夢裡不停追討著要你還，
原來最可貴的感情，不過就是一段不了不起的愛情。

於是我們相愛，在那之前就先說好要相知相惜。

我不會再說我會永遠愛你，
因為我不會。
但我會要你知道，
我的幸福不過就是未來有你。

我不會再費心裝飾愛情，
太精緻的東西就會產生距離。
但我會老老實實的給你關心，
叮嚀你累了就去休息。

我不會再要自己談一場了不起的愛情，
因為最難得的愛情，不過就是拉著你，
不了不起的一直走下去。

05／多希望你在

你都不知道，
都過了多久了，
久得我都要忘記我們第一次見面的故事了，
可我都還多希望最後一次的長長相擁以後你沒走。

我多希望你在。

但若真要說在哪裡，
我想我也不知道。

大概就是起床的時候不要只是在螢幕裡看到你清秀但不
簡單的臉蛋而已。我要我在你臂彎裡。
大概就是慵懶的伸了懶腰以後不要只有一個頻率的鼻息
在雙人床上遊蕩而已。
枕頭都幫你拍鬆了，棉被也替你睡暖了，你在哪裡？

大概就是出門在外時手機訊息跳出了以你為首的訊息，
我不要再愣了一下而已。

你傳送的新年快樂要嘛當面說吧，
你不要離我這麼遠還以為給了祝福就已經是仁至義盡了
不起了啊。

大概就是⋯⋯大概就是每一天每一個不定的時刻裡，
你都不要不在我身邊卻像是還沒走一樣了。

以前你知道我怕鬼，
可現在我最怕你啊。
我怕死不見你了，
你回來好不好，
回來了就沒事了。

好不好？
回來嘛。

06／於是分手以後

我們分手一陣子了，
好一陣子了。

這些日子，
我一個人進戲院看完了三部曲的最終章，
抱怨怎麼爆米花這麼大一桶，
怎麼劇情越走越偏頗，
怎麼又再次見識何謂歹戲拖棚。

我才剛剛失去你，傷心這檔事，已經用不著眼見為憑。

我一個人坐火車到陌生的地方遠行，
對對號入座還是抱著疑惑，總是找不到位置，卻再也求
不得他人。
討厭明明是買單人位，為什麼旁邊總還是有人和我共享
剛剛好的寂寞？
為什麼明明不認識卻還要搭話？
為什麼要強迫推銷自己？
為什麼坐在我旁邊的人不是你？

發呆也好啊，打鼾也好啊，是你就好了。

我一個人走進巷口的麵攤，
一樣的一碗陽春麵一盤嘴邊肉一份黑白切，
卻只剩下一付餐具鏗鏘作響，
只有單頻的窸窸窣窣聲把街燈悄悄點亮。

老闆向我關心起你的去向。
我說你忙，我不知道你在哪。

老闆說那就包一份米粉湯回去給他。
我笑著說不用，你忙，你真的忙。

你真的好忙啊，你忙的沒有空閒時間愛我了。

可你知道嗎？
我再忙都會先愛你才去忙。

因為你對我來說不是一份消遣。
不是週末的小旅行，
下雨天就理所當然的延期。

你對我來說，是每天的早中晚餐，
是每個夜晚音響重複播放的晚安晚安，
需要你的頻率就如同心跳般有規律，
我辦不到一天沒有你。
我辦不到一天不愛你。

我好愛你，好愛好愛你啊。

你呢？
你怎麼就這樣，就這樣就走了？

07／月圓人團圓

自認為舊疾已經復原，差點就又要可以笑的沒心沒肺，
沒想到還是復發。
你還是來了，到我的夢裡面：
洶湧而至，澎湃的我啞口無言，清醒以後就只管哭。

你離開的越久我越是想念那時我們相愛的樣子。
你不吭一聲就丟棄的那些，我都替你接好了。
我好怕我們的回憶就像巨星的逝世：
今日全世界都替你哀悼，不用三日就沒人再把你記牢。

因此我必須一個人記得兩人份的回憶了。

我總是未雨綢繆。
我怕你在外頭繞了一圈兩圈以後發現：
我可能不是最漂亮的，
也絕非最溫柔的，
但我會是最愛你的，
你是不是也就會回來，就會再次對我笑了。

我們相愛的時候，你就最愛逗我。
喜歡開我小玩笑，看我著急的樣子，
你總說那樣讓你很安心。

可是你還是走了。
我給你的安心安不住你的玩心，你無法為我定心。
我像失焦的鏡頭、失針的錶、失去一片肺葉的人。
外表看似完好如初，內在已然殘破不堪。

沒有人敢開我玩笑，
大家都好敬畏我，同情我，可憐我。

今天晚上，你還是來了。
在我的夢裡頭你笑得好好看呀。

可是我好想告訴你：
你不要這麼路痴好不好？
不要再不小心撞進我的夢裡好不好？
你怎麼捨得讓一個原先早睡早起的人日夜顛倒，
日復一日驚叫著醒來，
淌著淚痕和著啜泣聲淺淺地睡著？

你要來就不要走了。

我每次差點以為自己已經行了，
踏踏鞋子上的灰塵，
抖落防備和倔強，
準備要再次出發的時候，
你就又突然出現制住我了。

你不要這種時候才守信好不好？
什麼月圓人團圓，已經不關你的事了好不好？
你不要這麼欺負人好不好……？

儘管如此，我還是冀望：但願人長久，千里共嬋娟。

08／放下和遺忘

你知道嗎？
放下和遺忘從來就是不一樣的。

我已經放下你了可是不會遺忘你。

我的人生是一本書，
我是自己的作者，
揮筆就成文，記錄自己一次次為愛壯烈成仁。

你不用太小題大作，
不要用可憐我的口氣說擔心我，
我寧願你下次別再路邊亂丟鋁箔包，這才真的是積了功德。

關於滄桑的劇情以前也有過，
也有說到一半就哽咽的話，
甚至是哭倒在封頁的自己。

有一段日子我差點要寫不下去。
我對自己的失敗啞口無言，我對自己好失望。

所以，儘管，終究，
又得寫不堪的史事，
又得看自己在戰場上被攻擊的片甲不留，
我還是會好好的記錄下來戰爭的始末，
導火線是你不能夠再喜歡我。

可是你不要焦急我就要拿這份史料到處說嘴，
我輸了，沒什麼好說的。

我有運動家精神。我好歹也是努力過了。

我已經放下你了。

把愛恨情仇都寫的鉅細靡遺不過是因為不想要往後的日
子連懷念的機會也沒有，
不想要好像這些日子過得連我都讓自己感到丟臉，不做
不誠實的史學家。

放下和遺忘的差別在於：

放下你的同時還是知道你在哪裡。

我曾經熟讀過的那一章、那一頁、哪些臺詞令我們都醉
心，差點要忘了華而不實不可信。

而遺忘你勢必要連自己也丟去，
因那些日子我們是攙著彼此過來的。
你儂我儂。
你情我願。

你說的話我都信了，
別人的話就都像讒言，
我的耳朵只有在你在的時候才在，
只有從你舌間溜出來的才算話。

我偏袒你了，我明知故犯，一犯再犯。

於是，
終於到了尾聲，
很高興不是以眼淚蘸墨水作結。

戰爭終了，
儘管我不幸落敗，
仍盼你一切平安。

而那些離別情愁，
已恰似一江春水向東流。

09／做彼此生命中的好人

分開以後，
我還是希望我們好好的。

你別緊張我就要死纏爛打，
我不要我們太好。

不用矯揉造作地攏出什麼也沒關係的樣子，不用有氣勢
的結盟，
有些事情做得太大器就成了俗氣，我們有氣度就好。

因為，即便是分開了，
「好歹曾經」相愛過，
也能像是遠房親戚，
逢年過節就想起彼此共同的回憶，就會格外想念你。

而這樣的想念已經無關感情的延續，
單單是觸景傷情，傷心的都是舊情。

我辦不到讓曾經咬耳朵摩鼻子的愛人因為一些事故就成
為疏離冷漠的路人。

事故帶來的傷害已經夠多，我們都不該再加害，都不該
受更多傷害。

於是，
相見時給彼此一個溫暖的眼神，
看到對方疲憊不堪的動態以後丟了一則簡短而中要害的
叮嚀，
必要的通聯記錄，不必要的城市小道消息。

這些小動作無非是讓彼此知道：
「謝謝你愛過我，謝謝你，讓我愛過你。」

這樣就好，我們都要更好。

10／不愛的人不會知足

我不知道不知足的人如何快樂，
但我還是由衷的希望你能快樂。

11／都回來了

距離上一次傷心有好長一段時間了。

還以為牽手和分手都能夠像嬰兒學步，
像孩提時的自己學直排輪一般，
跌倒就是為了要爬起來，
受傷了還是可以很有朝氣的喊著：
「我還可以！再來再來！」

可是就好像出車禍的人一樣，
毫無預警地，有一天從床上爬起來就準備要受傷，
就突然沒有辦法再打球或是跳舞。

還以為這些日子的自己，
不慌不忙的寫了這麼多，
就可以從作家寫成了專家，
就能在自己流淚的時候拾起悲傷再寫一篇文章。

還以為我終於能夠寫自己，
就像說到朋友的感情一樣成熟而且理性。

可是說到了自己的事，終究是會啞口無言，無從交代。
連自己都沒有頭緒的事情，要怎麼理出一個起承轉合？

好像真的，沒有辦法了。

距離上一次失去有好長一段時間了。

本來忘記的，以為忘得了的，都回來了。

12／自由意志的愛情

愛情關乎自由意志。

你覺得我不夠好配不上你？
你告訴我嘛，去找一個更好的嘛。

我沒有臉蛋沒有才氣沒有你夢想中的長捲髮大咪咪，
可是我有尊嚴我有骨氣。
我不會要一個可憐我的人，
彼此所謂的愛情不在同個水平就是不行。
我不會要一段苟延殘喘的愛情，
朋友都看不下去，都說我們太拖戲。

我可能沒有辦法祝福你，
對不起我還不夠大器。
可是我會讓你走，
眼角滿載著眼淚都要讓你走，
痛苦得像是呼吸器被拔掉的病患也要讓你走。

那又怎樣呢？

明天的太陽還是會升起，
明天的早班公車還是會和往常一樣延遲，
明天的我依然愛你。

可是沒有關係，我會努力，努力不去想你。

再等我一下下，總會有一天，
我清晨醒來的第一個念頭終於不會再是你。

再給我一些時間，我就可以辦到不愛你。

13／你真噁心

總覺得對你可以說是不吐不快。

於是我得告訴你：
我都知道的哦。

我多想帶你回去看看認識你以前的自己，
這樣你大概就會知道，你究竟是如何改變了一個人。
你差點就要功成名就，關於用小情小愛拐騙少女。

真是可惜了，最後誰也沒能贏呢。

你不可以要她也要我。
你不可以用理所當然的口吻責備我道「這樣才最公
平」。
你不可以沒有資質八面玲瓏還想要我們替你睜一隻眼閉
一隻眼。

再喜歡你也不會賣人情票給你，
再喜歡你也不會賣了自己。

你不可以太高估了自己，
我一直以來都做抬頭挺胸駐足專櫃的正品，
怎會為了你低聲下氣成為賣場促銷買一送一的附屬品？

我不是氣你原來不是只要我而已。
我睡相差脾氣壞嚇跑了一半的你，這我不怪你。

我難過的是，你竟然打算要一直這樣下去。

你抹殺了兩個人的感情並且毫無悔意，
是我一輩子辦不到的事情，我好敬佩你。

聽人家說「同類相吸」，
兩個人會在一起一定有原因。

為了和你在一起，
我已經裝聾作啞裝瘋賣傻了好一陣子。
你很為難嗎？
你早說嘛。

我脾氣壞可是我識大體，我從不想勉強你。
而且我有潔癖，如今的你我實在是碰不起。真是對不起。

該說的話就是這些了，那我要走了。

最後一句祝福，
是希望你和她若是被命運捉弄到底的結婚了，
生下來的孩子，
他不要像你。

14／你的生日

結果我真的就這麼不經意的錯過了你的生日。

那時候以為自己會以女主人的姿態盛裝出席的日子，
可能還為了討你開心留著長髮搽上蜜桃色腮紅的日子，
做你喜歡的乖女孩的日子，都不小心就過去了。
我終究是成為陌生人了。

我希望你不要我愛你以後還會有人要你，
你不要我了的時候把我甩的好遠你記得嗎？
你連要我好好的話都說得像在羞辱我，
像是在告訴我，我用了文字安慰多少人的心，
結果呢還不是讓自己傷心，
還不是輸得一敗塗地，
還不是在愛裡頭不被指認，沒有人要我，你不要我。

再怎麼不堪畢竟都已經過去了，
如今我要眉頭深鎖好久才能想起你最喜歡的飲料是什麼
了。
我沒有這麼神經，
我不會要你回來，
也不會希望你走開，

因為你像是，沒有存在過一樣。
和你相愛的日子像是壞死的神經，都被抽走了。
一點疼的感覺都沒有，
我還來不及自我療傷就都癒合了。

不好意思啊，
我不恨你可是真不好意思啊，
離開你以後我好像更容易開懷大笑了。

我好壞，而你何嘗不是如此？

不過是彼此彼此。

15／無可救藥

救的了別人的人往往都救不了自己。

不是因為沒有能力，那怎麼可能。

是不知道自己原來也會失手，
也會犯錯，也會哭得很傷心然後不知道好不容易再站起
來以後，會不會沒有人接好自己。

很痛苦的時候怎麼辦呢？

不知道不知道不知道。

沒有人救自己，沒有救的自己。

16╱大魔王

他是我的大魔王，或許永遠都過不去的關卡。

我的記性奇差無比，
每一次收包裹的時候，
連自己的手機末三碼都要從頭默背才可以。
一樣的路線不管走了幾次，對我而言都像第一次。
可是過了好久，
甚至已經不記得到底多久，
我都還是記得遇見他的那一天，
他笑的好自信，輕輕鬆鬆就看出了我以為藏得住的小情
緒。
從那一天開始，我就不再只是自己。

他的樣子可能不出眾，
聲線也不是最好聽。
可是我好喜歡他在早晨時候過敏的眼睛，
像貓咪一樣，一股慵懶的靈氣。

我們牽手走在河堤，不過是河堤，
我以為全世界的鎂光燈都打在我這裡。
巷口早餐店的老闆娘喊著我們帥哥美女，

不記得有多少次，
我邊嚼著三明治邊暗忖著，
我們是不是可以就這樣子愛下去，
直到變成老夫老妻，
和老闆老闆娘一樣，樸素可是快樂的過日子。
「原來我可以這樣子去愛！」
是這樣的心情。

愛上他的自己，令我洋洋得意，好不容易。

遇見他以前，我抓著自己好久，
以為能一直穩重而且自持。

從不失態也從未失戀，
說著不要的時候走得比誰都還要乾脆。

沒有人看過我大哭大鬧，
以為我是堅強至極，不知道我不過是從沒用心。

可是大魔王不一樣，他一點不剩的拿走了我的心。

他就像是我的負極，
還不用太靠近，
就把我完全吸引，
以後無論到了哪裡，
我們就是一個集合體。

我想這就是我永遠也忘不掉他的原因。

17／你還好嗎（我很想你）

嗨。

這陣子變冷了，

入了一個深秋，

緊接另一個你不在的冬。

你還好嗎？

又想起你了。

是那種很本能的，

一點也不刻意而且不求回報的想起你了。

從前明明排斥所有過分鋪張的漫畫連續劇，

怎麼愛上你以後的我，成為了一個如此矯情的少女吶？

由不得我們的各自出走了以後，我努力的振作，

幾乎像是經歷了一場連環車禍，每一天醒來都感激地要

落下淚。

已經別無所求，

感覺還能活著真好。

活著就好。

我去到好多地方，

認識了越來越多沒聽過你的人，

他們不用再聽我說我與你那無以為繼的悲劇，

不需拆解並且觸摸我的傷口，

假冒可靠的樣子說著可以懷抱我的大起大落。

他們頭頭是道地說著如何喜歡我，從短期目標到長期規劃，

是多麼中聽的說詞，卻怎麼看都像是政客拜讀競選宣言一樣。

他們眼裡沒有我，只有想要被我肯定的自己。

那麼一點小手段，我是看的出來的。

他們怎麼可能喜歡我呢？

他們也太自以為可以了。

他們說喜歡我的獨立，

不知道那是因為不想再被落下，

於是情願在失去你以後一個人喝醉跳上計程車，

一個人到有機市集採買，

一個人照顧一個人，

不去給愛就不會再有失誤的可能。

是因為不想要相伴到後來又是走投無路，
才情願一個人走了這麼久。

他們說我不用督促就求進步的心態，
和現在世道流行的公主型女人有多麼不同。

我聽了暗自偷笑：
如果我也能被一個人像公主般寵上天，
我還在這做凡人嗎？
我不是天生上進，我是看清了我沒有那麼幸運。

他們誇獎我的漂亮、我的溫柔和剛強並行、我的魅力在
於我笑起來讓人好開心，
他們想要看我笑，好像我有的就是快樂。

可是他們不見我的悲傷。
不知道我心頭上的疤，還有心裡頭的你。
當初多麼以此為榮如今卻是如此見不得人的，
在喝多了以後不小心就從唇邊顫落的，
令我眼角失守的，你。

原來是，我還是害怕人們知道我還愛你。
我這麼好強的人，
還小的時候就因為一個男生罵我一句臭婆娘就把他打進
醫院包石膏的人，怎麼現在甘願臣服在一個人手裡。
你要知道，最令我難過的不是你不費吹灰之力就一點不
剩的把我拿下，
是你甚至不為此驕傲，不引以自豪。
你從來就沒有想過要擁有我。

還是偶爾想起你呀，儘管如此。
愛上你不過一時一刻的事情，
我卻可能要用一輩子去忘記。

那麼你呢？你還好嗎？

（我很想你）

26 February, 2017

18／最後一封信

Dear大魔王：

分開的日子即將邁入第三年，終於不會在喝多了以後，
下意識要撥電話給你，還以為家裡有你。

換了幾支手機，
沒有一個的關鍵字搜尋欄位裡面少過你。
打出你的姓氏，後面就會跟著完整的名，
就會有像是從保鮮盒裡拿出來一般新鮮而且源源不絕的
情意。

我忘記不了你，
努力試過了就也沒什麼好丟臉或可惜，
不是不願意，是做不到而已。

分開後的第一年，我像是一個意外懷胎的單身母親。
你走了，留下悔恨和痛苦在我的身體裡。
你讓我半夜暈眩而且噁心，
身體像是水龍頭，
吃什麼就吐什麼，
總是還沒說完一句完整的話就只管哭。

我活得很勉強，幾乎對死亡出現了美好的幻想。
身體裡面的恐懼像是一個貪婪的胚胎，
吞噬掉我所有完好的細胞，越長越大。

第二年就好多了，
不相見即不相思，
不聽不聞也不問，做彼此生命中親密也親愛過的陌生
人。

可是有一天你回來了。
並不是打算定居的回來找我了，
至此一切的努力和矜持都白費了。

真的。

一個和朋友喝酒聊天，
再平凡無聊不過的夜晚，
一封簡訊，四個字。

「妳在哪裡？」
「你怎麼了？我沒事，可以去找你。」

因為提早離席被罰了三杯威士忌，
我搖搖晃晃地走出酒吧。
路燈的光像小星星閃呀閃，我想到以前了。

以前的我們好快樂啊。
是為什麼呢？
不滿我的什麼以至於要找其他女人呢？
我不夠成熟懂事嗎？
是嫌我說話不夠嗲吧。
還是我太胖了呢？是怎麼了嘛？
你說嘛我都可以改的呀，你好好待著就好了嘛……。

所有的壯烈悲傷在路人眼中不過是一個瘋婆子在濛濛的
夜光下倚著路燈泣不成聲。

補了一層粉，
蓋掉臉龐淚痕，
驅車前往以前的我們的小天堂。

你家樓下的警衛已經換過，是理所當然的事啊。
大廳的裝潢正在整修，
你的房間一樣亂中有序，

就和你的人品一樣，
慌亂可也能很有次序，連欺騙都有自己的一套手法。

我知道你不好，你只有不好時才想要我。

是因為人都在最脆弱的時候需要真愛吧？
見鬼了，才怪。

我們都知道，
你不過是需要一個比你還慘的人出現讓你寬心，
讓你還能過下去。
就是我啊，我就是那個被你害慘的人。

你抱著我，指尖穿過我的髮尾，
像從前一樣輕輕揉著我的後頸。
我們沒有說話，
可是我們比誰都還清楚，我們回不去了。

童話故事沒有說，
有一天大魔王會回來，

我就成了落單的小孩，
簡單地讓你進入，然後毀壞。

就是和你相處過才懂得為什麼這些年來一直愛不上別
人。沒有人像你，我卻都把他們想成是你了。
You made me so happy without even trying.

寫下這些，
僅僅是想要紀錄那些以愛為名的日子，
記住自己曾經也被愛著，也有被珍惜過的運氣。

不能再相愛了，
仍希望你還有愛人的力氣，
不要把你的好看當作利器，
要愛上一個總是對你有耐心，對你們有信心的人。

唉。
我總是那麼多情，多情的人就會傷心。
都不重要了吧。
只是想告訴你，
還不知道未來的自己的心會定在哪裡，
你永遠會是我最清晰的過去。

痛苦會被時間洗清，過不去的終將過去，
你的好，我一輩子也忘不記。

願有來生，
我們便能不計前嫌地再愛一次。

Hasta la vista. Te quiero.

19／小帳號

以下的文字，除了彼此的真名，一字未改，句句是連帶著血肉的真心。

還記得那一晚，我獨自在老家，哭著打完這封信。
起頭是他真不要我了，結尾也是。
那時候instagram的小帳號功能還不盛行，
我這麼一個坦蕩蕩的人，
理所當然地對這樣躲藏在螢幕後的無病呻吟嗤之以鼻。
沒有料到，不用多久，他就成了我創立小帳號的原因。
原因沒別的，就一個：太痛苦了，真他媽太痛苦了，有些心事不用文字意象化真的不行。

這些話，原先只說給懂得人聽。
如今，我願意相信買了這本書的你，也擁有傾聽的能力。

如果你願意，請仔細聽聽，這是一封以愛為名的情書，
每一個字都有重量，有著失語者求救的聲音。

27 January, 2016

就在今天劃下了句點，忽然腦子裡面有關你的思緒都纏在一起了，如果可以把腦袋打開把那些念頭都丟掉那肯定會是一件很振奮人心的事情。想起我們第一次接吻我還微茫，想起我們第一次躺在床上是在我家隔壁的小套房，你那時候還很壯，然後想起我的日記每一天都是你，我有多愛你，我不知道可是文字它都知道，再想起我們第一次去六福村第一次去小琉球，原本的你的脾氣多壞可是到後來對我有多包容，我他媽的到底知不知道。想起了你第一次對不起我，你哭著求我不要分手，我心軟了可是沒想到傷口一直在，我以為不會讓我失望的人終究會犯錯，我相信你一次可是從此對我們的感情起疑。還有我們一起開學我幻想著路人都在看我們覺得我們好配，你合約纏身不能公開感情可是我愛鬧脾氣到後來你甚至來接我下課在學校牽著我吻我我想起了那時候的我天不怕地不怕只怕你不愛我。後來的第二次傷害是在我們分分合合以後，你和別人說你單身可那時候躺你旁邊的人是我。我不知道自己是不是這麼便宜這麼不值於是我們分手我反過來傷害你我不聽你的請求把你當成屁在踐踏去和別人曖昧。我討厭你至極也討厭自己曾經這麼愛你，但我錯了我並不是曾經愛你而已我就算想逃也逃不到哪裡因為我一直一直愛著你。我記得那天在公車上我問你如果我哪天出意外變植物人，你還愛我

嗎？你平常幼稚白目至極而且不油嘴滑舌的人卻告訴我說我會娶妳和妳媽一起照顧妳這個回答至今還在我腦子裡面揮之不去想到就掉淚就後悔那時候為什麼不再給你一次機會。你追我跑的遊戲今天結束了，戲殺青以後就沒有見面的理由了，我祝福你，希望下一個女孩能和我一樣地愛你，用全心全意還不夠是要用她的心也負荷不了的力量去愛你，因為你值得最好的，雖然你很笨很靠腰嘴巴很賤很懶得出門約會很愛耍帥很有自己的一套沒邏輯的邏輯很愛吵架了就裝忘記可是那些都沒有關係，我相信被我看上的人就是他媽的值得最好的，所以你，大魔王，值得最好的女孩去愛你。我希望她知道你喜歡喝酪梨牛奶以後找房子要找旁邊有果汁攤的，我希望她知道你很愛玩電腦在你沒回訊息的時候不要急著生氣我希望她知道你超級沒有安全感能多陪你就多陪你我希望她知道你的過去你的未來你的家庭你的價值觀你的夢想你的底線你的優缺點你所有的噩夢你所有的欣喜若狂，我希望她想清楚了再愛你，你不要被傷害，也不要去害人。我祝福你，真心地祝福你，再見，我會放下你，我說到做到可是請給我一點點時間，不要催我，我已經習慣你住在我心裡，甚至骨頭也刻著你的姓你的名……
再見了，我不能夠再愛你……

愛過的證明：
感謝那些曾與我相戀的人，
因為相戀本身就是奇蹟。

20／砲友

我喜歡上你
這樣一個
也喜歡我
卻沒有喜歡到
非得在一起不可
的人

你說你喜歡我
可你更渴望自由

你在我的床單和洗手間遊走
牙刷多了一隻
馬克杯多了一只
洗衣籃裡的衣褲
海洋調的香味蓋過了花朵

我養的貓　已經會對你撒嬌
門口的管理員開玩笑說
我帶回家的男孩子裡頭
他最喜歡你　總是那麼好看　那麼從容

我　呵呵的笑了
想著你　根本就　不屬於我
我　呵呵的笑了

啊　其實
我好羨慕你呀
怎麼喜歡上了依然那麼得心應手
怎麼你都沒有那麼一點點　捨不得我
依舊
在昏黃的夜燈下
你的汗水和著我的淚水

「親愛的
和我談一場
不負責任的戀愛
好不好？」

你溫柔的聲音　好似就要說愛我

把頭埋進你的肩頭
氣喘吁吁的我
什麼也說不出口

親愛的
你怎麼能夠問我
你怎麼不曾想過
從以前到現在
都是你

說

走

就

走

21／砲友‧續

你說　你太壞　太愛玩　還不想定下來
喜歡誰對你而言從來就是多選題
我不過是最先被填進電腦卡裡頭的答案
不代表就是　唯一的答案

你說　像我這樣的女孩
笑起來的樣子像是沒有被世界傷害過的女孩
同一部催淚電影不論看了幾次還是泣不成聲的女孩
在感情裡吃了虧還能揶揄自己是占了便宜的女孩
太美好　太認真　太惹人愛

可是　你不知道的是
我也曾在對方搖尾乞憐時從容走開
玩笑人間這碼子事　我也做得來

只不過是遇見你以後
什麼心機小把戲
欲擒故縱之說
都成了相見不如懷念的過去式
只不過遇見你以後
我就只管愛你了
就這樣愛上你了

聽過因果輪迴嗎
我曾經辜負了多少人的真心
如今不偏不倚
在生命的軌道間撞上了你
我已經準備好
用一輩子還清

22／人鬼殊途

有的時候，有些情況，
我們不斷替對方找臺階下，
替對方說話甚至，說謊。

這麼做的原因並非為了放過他，
而是想放過那個，選擇他的自己。

畢竟那個時候，
我們多努力做出不讓自己後悔的選擇：
他那個時候確實是善良的啊。
我們剛認識的時候，他不是這樣的。
他馬上就會回來了，舊的他馬上就會回來了。

畢竟無論如何，
我們都想做聰明的人，
我們都想讓別人信服，
我們都想讓我們的選擇，成為最好的選擇。

可是，
有的時候，有些情況，
我們必須承認，
與其想盡辦法要塗改紅字成績單，
不如就拿個零分好好警惕自己吧。
做錯一次也沒有關係的。
傷心後記得振作就好了。

放過自己吧。

因為舊的他不會回來了，
因為人鬼本就應該殊途。

23／好好先生

好幾夜，

妳獨自在梳妝檯前卸下一整天的自在和驕傲，

愣愣望著鏡子裡頭那個，

被外號好好先生的他排拒在外的自己。

妳想起那一天他是如何婉轉的說出他的打算。

他說了妳很好、和妳在一起很快樂……

然後就說了可是，可是我們不適合。

然後就說了所以，所以我們分手吧。

然後就這樣，就這樣沒有了然後。

起承轉合妳熟悉也明瞭，

但習慣出招的妳頭一次接招，

妳感覺頭暈目眩，感覺有什麼正在被撕裂。

妳覺得被羞辱，他怎麼可以還沒有遇到大風大浪就選擇
轉舵？

他怎麼可以用了千方百計打開妳的心門以後把鑰匙丟進
去，將它狠狠反鎖？

妳又想到：
聖誕節預訂的景觀餐廳怎麼辦？
差一點就能換娃娃的便利商店點數卡怎麼辦？
一本溫泉套票如果一分為二，
他是不是就會帶下一個她去？
她是不是會稱讚他有情調？
他是不是也會把她抱得高高的，
在半空中用嘴巴堵住她甜甜的尖叫？

然後妳停止想像，
妳不敢想像，
沒有他的未來，
妳無法想像。

之於他，妳總覺得還沒有愛完。

他怎麼可以這樣？他不是一向什麼都好的嗎？
就不能再多愛妳一下下嗎？他怎麼這麼自私？
他這樣做好不公平……好多好多的問題白天縈繞心頭，
到了夜幕低垂時就成了噩夢。

然後妳才知道，感情裡最痛苦的是，有這麼一個人，每天出現在妳的摯友通知裡、妳的夢裡、妳的口頭禪裡、妳下意識擺出的第二組餐具裡，卻再無法出現在，妳倔強的臂彎裡。

24／不必要的愛情

凌晨二點三十五分跳起來，
想起你以後，
想到原來為什麼會哭著醒來，
因為日有所思夜有所夢，
因為最悲哀的是，
我們正在用心經營一場不必要的戀愛。

什麼是不必要的戀愛？

就是兩個人當初如果晚一點在一起，
就不會在一起了。
因為彼此都有更重要的事要做了、
因為發覺兩個人的緣分只夠在交叉路口碰頭罷了、
因為真正認識了以後就更加明白感情是逞強不來的。

若你不是非我不可，
就不該耽延我應如期進行的旅程。

所以我走了，原諒我無法送你最後一程。
因為我不知道你要去哪裡，
因為我們的目的原來就不一樣，

我們說著相愛相知相惜的情話，雙手卻都向外伸張。
沒有誰在最悶熱的雨季頑強地把誰揉進自己懷裡，
沒有誰大吵大鬧以後急跳腳操著重重的鼻音對誰說出最
不堪的話。
那是他們的愛情，固執以外的柔情，鬧脾氣之後會自動
求和說出最難得的我最愛你。

我們的愛情像太平盛世，一片柔軟的地毯覆著一方荒
地，因為沒有人用心經營，於是天災人禍內亂四起，一
聲分手以後就都各自離去，粉飾太平。

原來，在長長時間的洪流裡，
我們比自認為的還要容易就被拆散。
我們是這麼的不堅固。

他們的愛情，狂風暴雨後的不見不散。
我們的愛情，揮手以後，就地解散。

25／回頭草的意義

其實妳都知道，
他再一次回來找妳的時候，
都不過只是因為他想要妳。
妳都知道。

殘酷的是，他想要妳從不等於他愛妳。

妳不再和他平起平坐，妳成了一個物件。
他可以享受完妳以後擦擦嘴巴說謝謝招待，
拍拍屁股就走人，
而他下次還是會回來找妳。
就像很久沒吃的速食，
有天突然嘴饞想吃一樣的回來找妳，
好像多等一班公車也沒關係一樣的回來找妳，
好像妳很重要一樣的回來找妳。

呿，才不是那樣。

事實不過是精緻的甜點終究不能溫飽，正餐還是很重
要。
嗜甜食的人也知道偶爾要吃清淡。
而妳就是他的清粥小菜。
這些妳都知道。

有些感情，當妳再次回頭在一起，
就像洗了澡以後又穿回髒內褲。

多噁心，妳怎麼還要？

26／喜歡的本質

以前到現在，
我們把「喜歡」說得好像我們有能力選擇一樣。

我們把它說得太容易了。

喜歡一個人，
從來就沒有該不該，只有想不想。
如果人人都能照規矩戀愛，
就不會有人劈腿、不會有人奮不顧身，
不會有人哭著說不要卻還是放不掉了。

妳知道嗎？
妳如果喜歡他，
就只管喜歡他就好了！

不要管旁人眼光、不要管對方的想法，
妳就是秉持著「老娘就是看上你了」的心態，
堂堂正正的喜歡他，這樣就好了！

不要再翻著無憑無據的星座專欄杞人憂天、
不要再什麼都沒有嘗試就打退堂鼓、
不要還沒有開始就放棄。

戀愛很美好，這樣很可惜！

願我們都能夠毫無懼怕地去喜歡，毫不保留地給予愛。

If you really want it, just go for it.

And if it's meant to be, it will be.

27／好好的

好好的感情並不是兩個人條件都很好，
而是在這麼多的取捨之中，
他們要的就只是對方好。
你好我就好。

願我們都能夠喜歡上一個，
以被自己喜愛著為榮的人。

28／戀愛有期

「愛情呀，
不過就像買臺電冰箱，保修期三年，
你嫁了個人，還能保證他一輩子不出問題呀？
出了問題？就修嘛。」

失戀三十三天是這樣告訴我們的。

在這個講求現實的世界上，
沒有久了而不變味的一段感情，
只有費心替它保鮮的兩個人。

29／一對一

過去的我習慣把傷心說的很大聲。

我會在和他吵得不可開交以後，
更新一則聳動的動態，
哭鬧的讓朋友們都不敢睡覺，
深怕明天以後彼此就再也見不到。

我會不甘心只有我很難受，
於是就拉著那些關心我的人一起下水。
他們愛我就要站在我這邊，
做我的第一線，永遠支援我呀。

我以為這就是同舟共濟。
才怪，這叫做沒有良心。

使得自己快樂的方法有很多種，
可是讓在乎自己的人陪你一起難過或生氣，
絕對不是其中一種。

更何況你想過嗎？
這麼做的話，
改變的從來就不會是他，
而是朋友們對他的觀感呀！
何必呢？

從今天開始，

讓我們學習，
把情話和狠話一字不漏的說給對方聽、只說給他聽。

讓我們學習，談一場「一對一」的愛情。

30／好好在一起

剛才在路上看到一對情侶，
他們似乎是剛有些小小爭執……。

然而，他們竟然在爭執後猜拳！

結果貌似是男生贏了，
女生舉雙手投降，
男生輕輕拍了一下她的頭，
兩個人同時說和好沒事了，
然後繼續笑嘻嘻的走下去，
也走下去。

忽然覺得有點想哭啊。

感情不就是這麼一回事嗎？

要嘛分手要嘛和好。

而你真的要因為對方約會遲到二十分鐘和他分手嗎？

妳真的會因為他買錯了妳最喜歡的飲料而對他的感覺淡

掉嗎？

就是這樣嘛，

多少人明明是要好好在一起的，

卻吵著吵著就散了？

明明可以好好在一起的，

吵什麼呢鬧什麼呢？

我說呀，我們，好好在一起吧。

31／檯面上的愛情

我想這一切都關乎時間。
時間對了，你就會來。
關於你對不對，那是之後的事了。

而我想讓你知道若是有一天，
時間到了，你要走了，
我就會，也就只能看著你離去。
我可能會笑呵呵地搔亂你的頭髮，
也或許在你耳邊輕喃著保重的話，
但我終究是會讓你走的。
無關我的私心，無關我是不是沒有了感情，
無關在一起時你是否殷勤待我如離別那日，
就只是時候到了。
就只是對我而言，你不對了。

我不會再和過去一樣，和朋友打賭這一任愛情的死期：
是不是一定要撐到半年才有面子？
才不會讓別人覺得我很花心？

這個世界已經太過透明。
我們不需要愛給別人看，
我不要在檯面上的愛情。

32／可以不要生氣

今日開始執行：不對愛人說氣話運動。

畢竟有些話，
可能對你來說，說出口很簡單，
可是對他而言，要抹滅掉很難。

我們愛的人跟別人沒有什麼不一樣，
心都是肉做的，
也是有感覺的，
並不會因為比較親密就能永遠服從你，
任由你對他發脾氣。

你要知道，
你愛的是一個人，他有血有肉有靈魂。

你會痛，他何嘗不會？

33／前女友

雖然有些嚴厲，可是我必須這樣子告訴妳：

「所以妳到底是在跟他談戀愛還是他的前女友談戀愛
啊？」

「妳不覺得自己有點太敏感了嗎？
我知道前女友是每個女人的心頭刺，
但妳心頭這根粗成這樣，根本是水管吧？」

「他們以前去過哪家餐廳打卡、
買過哪個樣式的情侶衣、
最容易吵起來的點是什麼，到底干妳什麼事啊？
都分手了不是嗎？他跟妳好好的不是嗎？
怎麼他們的故事都結束了，意猶未盡的是妳啊？」

親愛的，
我知道前女友大多時候都是個讓人聞風喪膽的關鍵詞。

但是，
如果幸福終於找上妳，

準備要伸出雙臂抱起妳，
說了要好好愛妳，眼裡就只有妳。

妳卻活在別人的過去，
動不動就緊張兮兮、小心翼翼、
下課下班後還兼職偵探，深怕錯過一點蛛絲馬跡。

如果幸福這一條長長的人龍好不容易輪到妳，
妳卻在交出自己以前就選擇放棄，
說著不動心也好不流淚就好，
說著他沒辦法讓妳相信，
大家都看在眼裡，知道妳信不過的不過是自己。
再排一次，需要多少耐心和勇氣？
前功盡棄，多可惜？

34／慢慢來

妳從小就聰明，
知道自己重感情所以不輕易動心。
了解情緒化會導致什麼後果，學會了就學乖了。
妳的推理能力太好，理解力卻太糟，
他不過微微皺眉妳就能夠先說出最不堪的那一句，
事故發生以後卻得躺在床上紅著鼻子三天三夜，
還想不出究竟是哪個步驟出了問題。

這樣的妳，像是被大火灼傷過的遇難者，
到如今看見打火機還是會渾身發顫。
妳覺得愛情是一座深水游泳池，
妳總是羨慕那些能在其中自在換氣的人，
卻從來不敢把自己完完全全浸在水裡。

可是愛情是這樣：
從來就沒有人天資聰穎，
所有的成功都是先從失敗開始。

那個就算愛上了還是很聰明的人，
也曾經哭著喊著要放下，就是放不過自己。

那個總能給妳最理性建議的心靈導師，
也曾經像個初生就被遺棄的嬰兒，
一睜開眼就發現原來全世界都不要自己。

所以，沒關係，慢慢來，
受的傷會好，
哭得要窒息時用來換氣的嘴，
有天會不由自主的微笑。

會有一個人出現，
說妳辛苦了，
從今以後妳的全部我訂下來了，我們定下來吧。
他照料妳的傷，從流膿到結痂，他一直在妳身旁。
他讓妳知道原來，談戀愛就像一趟自助旅行，
結巴也沒關係、迷路也沒關係、
偶爾失心瘋也沒有什麼不可以，
因為最重要的是過程。

妳很真心，就夠了，就好了。
你們一起，邊走邊學，互相照顧，就好了。

35／爛人

關於在生活中碰上了爛人。

真心地付出卻被說閒話、
一心一意去喜歡卻只在床上被疼愛……等等。
這樣的事情在我們的生活，以及我們的身邊似乎頻頻地
發生。

有時候妳不禁會想：
「我真的有這麼糟糕嗎？怎麼我遇上的人，都是這般素
質的人？難道我真的這麼不值得嗎？」

可是親愛的，我想說的是，
這不是妳的錯，從來不是。

我們再怎麼努力過生活，
也差不多就只能做個八九十分的人。
如果沒有一百五十分的資質，
就不要和只有五十分的人混，
降低自己的素質，

愛情友情亦是。

願我們都能早日離開火坑，就會浴火重生。

36／Heaven and Hell

「Even if we can't find heaven, I'll walk through hell with you.」

很喜歡Rachel Platten在〈Stand by you〉裡頭唱的這一句。

或許在每一個人的生命裡，或長久或短暫，
都應該要有一個這樣子的人的存在。

他不只是要和妳吃飽喝足從此快樂幸福而已，
他要在看著妳受月事折磨的時候心疼地皺了眉、
他要在妳又拗脾氣的時候緊緊抱住妳喊妳小乖、
也或許你們有一天會被現實打敗，
存款只能拿來做每一晚清清淡淡一桌菜。

妳會開始懷疑自己，
不知道以前受了這麼多傷以後還能不能和下一個人好好
地在一起？
會不會哪一天就突然要說謝謝妳可是對不起？

妳不知道你們有沒有能力去負擔「以後」，
可是他會要妳知道，
他的存在，
讓妳不用擔心要獨自面對以後。

他不是妳的太陽，他給不了妳天堂，
可是他願意陪妳在荊棘叢林闖。
僅僅如此，已彌足珍貴。

就像張懸輕輕巧巧地唱著：

「我想留下來陪你生活，
一起吃點苦，再享享福。」

他說他想要，留下來陪妳生活，
吃苦當吃補，每一幕都是幸福。

37／好喜歡你喔

是你要我告訴你所有關於我的，沒有什麼人知道的事
情，那我要開始說了你要好好的聽完喔。

我最愛生氣也最討厭生氣了。
就跟吃辣一樣，
跟看鬼片一樣，
跟說出最討厭你了你怎麼不去死啊諸如此類的話一樣，
痛痛快快地做完以後就老老實實地後悔了。
可是下一次，我還是會痛痛快快地去做。

我最不會說什麼好話了，
從以前到現在都只會引用悲傷的歌詞，
聽過最輕快的歌是呆寶靜的饒舌，
引人入勝的小說劇情大多是悲劇收場，
電影裡頭的大團圓不意外因為是電影嘛。
因此要我用甜甜的嗓音說出嬌滴滴的話，我真的辦不
到。

我不會花很多錢或時間談戀愛。
很喜歡了也不會好好的說出來，
因為怕說了就輸了，

像是還沒較勁就先把自己攤開來給對方看了。

愛情什麼的，我怕死了。

還有啊，
我的專長是睡過頭、吃、自相矛盾、還有笑的很醜，
我討厭過熱或過冷的天氣，
討厭下雨天可是又喜歡聽雨聲，
哎呀就說我的專長是自相矛盾了嘛。

如果聽到這裡你跟先前問過同樣問題的人一樣都嚇得要
死了，
那你走吧沒關係，我不會可憐兮兮的留你的。

因為我知道最可憐的是留住一個不真正愛自己的人。

可是如果，如果你剛好很不一樣，
你想要親身經歷我說得那些，
沒有什麼人知道的我，
那你現在可以進來了，

雖然我找了鎖匠替我的心門上了二十三道鎖，
可是鑰匙已經給你了，你都試試就行了，我知道你行
的。

進來以後走到底左轉，我會在那邊等你。

我會裝的很忙很忙可是我是在等你的。

你靠近我的時候我會把頭撇開說些很倔強的話，
會要你走開，會嚇唬你告訴你我不好惹。
可是事實是，我只是有點害怕。

因為我最珍重的心已經給你了，
我不知道你會不會善待我，
我告訴你你不要喜歡我啦的時候其實是想說，
你可不可以接下來就都只喜歡我？

我不會說好話可是我說真話，
這一切都只是因為：

我好喜歡你喔。
真的真的，好喜歡你喔。

38／想要的愛情

想要的愛情，不就是這樣：

我喜歡逛街購物，
你教會我不要急著拿錢買限量球鞋首飾或名牌，
我們先一起打拼攢錢，
開一家小店，
固定幾個月就出國帶貨一回，
到時候想買什麼都隨我買。

你喜歡攝影，
我就替自己刷好睫毛上好底，做你的模特，和你到處取景。
我的肢體裡有愛，你的視角裡有愛，作品不用多久就能登展。

我喜歡寫文章，你替我校稿整理，作品量達到了以後，
我們不管三七二十一地印刷做自費出版。
不怕沒有人看，夢想還有你都在我就心安。

想要的愛情，不就是這樣：

他了解妳的夢想，
了解妳每一個夜晚眼珠子轉呀轉的，
那底下的星光，有多絢爛。
妳珍惜他的才華，不只做他的後盾，
也做他衝鋒陷陣的夥伴。

想要的愛情，不過是這樣：

務實一點的，平凡一點的，
兩雙眼睛看向同一個地方，也看向對方。僅有對方。

39／紀念日

二十一世紀的人們普遍喜歡紀念日。

妳身處一個數字會說話的環境裡：
交往滿三十天就確定了彼此的稱謂不再是世界通用的名字或不明所以的綽號、
第一百天時高級餐館的顧客滿意卡上頭會留下勾選「紀念日慶祝」的用餐目的、
從201314到2014520，多少情人仍牽著同一雙手，仍為此感到幸運？

一開始的妳也不例外。
妳把寫卡片看作是責任、
送禮物製造驚喜當成了義務，認真奉行。
妳像是班上最認真上課的學生，
知道自己並非天資聰穎所以加倍用心，
每一次的考試都小心翼翼，
沒有料到期末成績單還是一排紅字。
他不要妳。
妳摸不著頭緒，不明白為什麼愛情不是很努力就可以。
妳像個重考生，落榜後就變得戰戰兢兢、杯弓蛇影。
妳對自己失望，但很快就決定要振作，打算重新開始。

像是一場流行性感冒，妳相信只要老老實實的休息後一切都會沒事。

然後妳才了解到，一段感情最痛的後遺症來自於紀念日。
紀念日的存在無非是要那些學習遺忘的人承認自己資質駑鈍，要那些被愛情拋棄的孤兒浪子知道自己究竟是多麼無能。儘管相愛的劇情和臺詞都讀得滾瓜爛熟，還是找不回合照裡頭笑得那麼燦爛的對方，以及自己。

那時候的紀念日，
是要妳記得相愛的日子；
現在的紀念日，
是要妳知道，復原還需要多少日子……。

然而其實我想說的是：不要讓過去的刺現在還扎著妳。
傷害妳的人不會變，他還是會在，看妳好欺負，看妳愛上了就奮不顧身，看妳哭得多潦倒他就多開心。該改變的是妳。妳要變強、變勇敢、把自己交出去的同時還清楚記得有收回的可能，有所保留是為了自我保護。妳還是要去愛，妳還是要得意洋洋自己能夠喜歡，妳還是要樂於分享自己的情感。

謹記著：紛紛擾擾過後，妳還是值得被愛。

40／愛你因為你是你

我想要愛你。

這和我想要愛人是不一樣的。
你不要擔心，我不是因為被朋友們一陣陣地刺激直到受
不了了才牽起你的手。
我的表現落落大方不是因為熟悉這樣的關係，是不想讓
你看出我緊張的神情。

我不能太大意，你可別太神氣。

我也不會是因為唐綺陽老師說水瓶座必須快點修成正
果，
我才鼓起勇氣邀你看場電影。
算命和星象什麼的，我會看不會信。
畢竟，自己的命被一個陌生人的嘴巴控制，
會不會太無趣而且可惜？

儘管唐老師告訴我必須再單身三年，
今天的我還是會狠狠地吻你。

我想要愛你僅僅是因為你是你。

你不只知道我一百種沉默的原因，
甚至能分辨今天嘴角翹起的角度該是發生了什麼事情。

你看出了我喜歡的生活方式，
並且不要我改變或者放棄。

你是第一個出差時寄明信片回來給我的人，
不過是因為你知道我不要名貴大禮，
我偏愛有情有義的東西。
你知道我總愛穿的怪里又怪氣，
你說沒關係，
妳的氣質就是沒有氣質，而我就是喜歡妳。

我想要愛你愛到有一天眼角都下垂，
你還是說我笑起來最好看。
而我會環抱著你不再精實的大肚子，
什麼也不想，就想一直賴在你懷裡，穩穩地睡去。

41／腳踏實地的愛情

最剛開始的時候，
連睡到流口水都好可愛的時候，
總是最喜歡湊著對方說好多浪漫無邊的話。

喊對方寶比都不覺得害臊、
說要共用一個戶頭一起努力，
存夠了錢就到巴黎或者冰島。
我們有很多對戀愛的想望，
可是到了久一點以後，才知道那些都是妄想。

我們沒有料到，
交往的開始就是妄想的結束，
我們不是少女漫畫家筆下的人物。
我們的戀情，終究會隨著時間流於平淡。

可是沒有關係，現在的我，
最喜歡和你做很多很多無聊到家的事：
我們可能會開始分配家事、
可能一起蒐集哪家飲料店的點數、
又或者你在校門口等著姍姍來遲的我的時候會說：
「靠，妳短腿喔，我等很久欸。」

我們會對對方很不客氣，
可是我知道哪天誰敢欺負我，
你不會對他客氣。

已經過了迷信童話故事的年紀，
我只想和你腳踏實地的走下去。

42／你的人

我太務實，
經常性地對童話故事般的愛情感到灰心。
認為對方說愛妳，
背後就藏了句不只有妳。
而說了只愛妳，
不過就是在騙妳。
我的心被傷了太多次，我太容易就傷心，
我不知道何謂愛情，
不知道自己不過是因為得不到所以不想要。

可是這樣的我，
卻好喜歡你。

我喜歡的不僅僅是你的好看而已。
大多數好看的人都最會欺負人，
好像那張臉是他們從出生就開始投的愛情意外險，
從此以後在感情裡頭肇事都能合法逃逸。
罪大惡極，成了累犯卻不被通緝。
我不是不相信愛情，我是信不過自己，
我給不出真心去擒拿他們的玩心與狠心。

我喜歡的是你的老實。
你不只是對我好而已。
你喜歡我的家人，甚至是怕生的霎霎不用兩個禮拜就開
始會趴在你身上熟熟地睡去。
你把我愛的人們與家寵都看做自己人一般善待了。

你不知道的是，
我身邊的朋友都在開玩笑說哪天我們分手了，
沒關係她可以接手。

而關於你，我最喜歡的，就是我們好像。

相似的我分不出來究竟是你像我還是我像你，
或者我們根本就是彼此。
有時候看你笑起來的樣子，
我差點懷疑自己是不是在照鏡子。
好多次的不約而同，異口同聲。
一起講一句話，然後相視而笑；
一起看螢火蟲之墓，最終相擁而泣。

我知道時間會改變一個人：
拗脾氣的變溫順、
剛硬的變柔軟、
定不下來的會對耽溺於世界感到灰心。

或許有天我們的手機只在遊戲邀請時響起對方的訊息，
有天我再也沒理由對你苦口婆心，
你的飲食作息由不得我操心。

我仍希望你一直記得：

我是當初把和你在一起看作是正事，
一天不如此就渾身不對勁的人。
我是無論如何就想對你好的人。
我自始至終都只想做你的人。

43／一或零

我的感情觀是這樣：

你若待我如冰，
我便做你手尖的霜，
你不用想碰著我，
更不必操心我會久留；

你若愛我如火，
我便做你烈焰之下的信徒，
我的鼻息脈搏都將為你起伏，
每一絲情緒也只為你波動。

我數學不好，也懶得學好，
在愛情裡，我只給一或零。

我的母親懷胎近十月扶養十多年不是要我在外面　人低
聲下氣，
這一點孝心我還有，你不要想了，我不會的。

44／麵包之於愛情

網路上一段虐心直擊內心的話：
「越來越多的女人在拼命賺錢，
也許是社會給女人的安全感越來越少。
以前覺得，安全感是一個承諾，是過馬路時緊握的手；
而如今，能給女人安全感的是出門時口袋裡的錢包和鑰
匙，手機裡的滿格電。每個女人都希望找到個很爺們的
男人，最後卻發現還是自己最爺們。」

想收到花就到花店挑自己喜歡的樣式，
填了自家地址讓老闆寄過去，
還不用擔心收到的會是妳偏偏過敏的滿天星小雛菊。

偶然看到了網友到了國外玩，
粉紅沙灘救世山，個個好壯觀的景色，
戶頭的錢提了訂上機票就帶媽媽走一遭，
我想要我的母親知道她的女兒能夠養她，
我要她在這樣的年紀傾心做自己熱愛的事情，
而不是持續著她上半輩子的省吃儉用生活模式。

她省得夠多了，我要讓她揮霍。

女人要適度投資自己，用對的方式。

妳要想想：
衣櫃裡的衣服和腦袋裡的墨水量是否平衡？
這個包雖限量，可是它僅有的價值也只在於它的限量。
或許拿這疊鈔票去買一期健身課程或學一項樂器，
甚至是翻糖拉花等等增添生活情趣的小技能，是否更加
划算？

這麼拼命是為了什麼？為女權伸張？鄙視男人？

不，這麼拼命的我不是不相信愛情，
反而只是想要很純的愛情，那種只有愛情的愛情。

沒有功利取巧，不必低聲下氣，
誰對誰錯都要講理，沒有誰有再再犯錯的權力。

麵包我自己有，你所要給我的，就是愛情。

45／愛情學分

今天來說說我最討厭長輩最喜歡質疑的一個問題：
「小小年紀談什麼戀愛？
又不會結婚，幹嘛浪費時間？」

那我想知道：
「小學的課程有需要花六年？
沒有吧？可是沒有畢業，就不能再進學。」

我想，戀愛就像求學。
每一個階段都有必修的課程。

有些時候你會感到很懊惱，
不清楚這個座位究竟值不值得自己坐這麼久；

有些時候你感到得心應手，因為碰巧遇上了自己的專
精。

有些時候你和朋友借題庫來抄，
花了三天三夜拼死拼活的念，
還是沒有讀出個所以然；

有些時候你抱著落榜的同窗，
聽他依依啊啊的哭訴自己又搞砸了，
你和他說沒有關係，
我們再一起努力，
這不會是最後一次，
還會有下一次，
好多的下一次。

有些科目你不用看就可以考出讓人牙癢癢的成績，
有些章節你這一輩子都不會懂它在講什麼。
有些時候你有同儕相挺，
有些時候你必須孤軍奮戰。

先學會淺淺的喜歡，才能深深的去愛。

人的一輩子，都在學習，也都在戀愛。

46／當局者清

妳談過那樣的戀愛，在那個特別的時候。

你們莫名其妙的就開始，
沒有一個「嘿我們要交往嗎？」的共識，
只是一個早晨的事，妳的感情狀態就從不可一世的剩女
轉變成穩定戀愛中的傻妞。

妳分享的網路文章不再是：
「一個人也很好」
「單身女孩的獨白：我不寂寞，我愛我自己」
取而代之的是：
「我單身了這麼久，就為了遇見一個對的你」
「有你在的地方，就是最好的地方」
「2018情侶必去的十個景點！」

還用不著特地公開，
朋友們就已經讀出了妳文字裡的花枝亂綻。

經過了各方親友的銬問，
妳全盤托出，
從認識的契機到愛上他的原因，

妳講得好不開心，好驕傲的口氣。

因為這是妳內在成熟了以後的第一段感情，
妳不再要很漂亮的臉蛋，那樣的人妳知道妳愛不起；
妳也不要很會說話的嘴，甜言蜜語會過期，
終有一天落得一口能夠精準傷害妳的伶牙俐齒。

可是，妳的朋友們看不出來妳已經長大。
他們猜想妳還不會想要定下來，
要的是夜夜笙歌的玩伴，
不是細水長流的陪伴。
她們都感到好意外，
怎麼妳單身了這麼久，
拒絕了這麼多的飯局，
最後選擇的會是這樣子的伴侶？

不過親愛的，不要讓他們的嘴巴成就妳的愛情。

這段感情，只有妳身歷其境，
其他的人充其量只是觀眾。
妳不用刻意的低調或隱藏，
這終究不是一場電影，
不需要偏頗又低俗的影評來貶低妳，和你們的愛情。

只有妳知道他是怎麼待妳，
在妳內心最慘澹蒼涼的時候。
只有妳知道他願意如何愛妳，
無關方式或招數，是他的心態，
那樣的心甘情願，那樣的不求回報。
他對妳好，並且不要妳感到虧欠。
他說妳不欠她，擁有妳就是他最好的獎賞。

所以親愛的，
我希望妳永遠也不要放棄，
永遠都要記得他是如何愛你，
在最初的時候，一直到了這個時候，他的始終如一。

我希望妳知道他好愛妳。
而妳也是，打算要就這麼一直愛下去。

47／遇見你

遇見你以前，我是一隻羽翼被拔光的鳥，
有好多好想要到達的地方，卻只能在夢裡張望。

遇見你以前，
我以為我就要一個人度過我的二十歲，
二十一歲跟二十二。
一年又一年越發無趣的主題派對，
不真心的朋友不會出現在大合照，
真心的朋友都太爭氣，
都有了自己的夢要闖：
他到了中國大陸做模特和演員，她去米蘭進修服裝設
計。

他們的訊息還是會在整點捎來，
還是有著那一貫的熟悉感。

只不過是，就像送遲了的外送，
妳還是嚥了下去，卻總有那麼一點點食之無味。

時間就這麼一直一直走，
直到我靜靜盯著手機屏幕，

看著午夜的倒數對著自己輕喊一聲：
「二十五歲生日快樂，獨身快樂。」

我以為我會習慣自己解讀的堅強，
或者別人眼裡的孤單。
都可以都沒有關係，
那些過於悲傷的想像不曾存在過，
也不將會發生。
那都是遇見你以前的事了。

我愛上你了，我別無所求也沒什麼好怕了。

有你在就好了，我們相愛著，那樣就好了。

48／失去的自己

相愛的過程中有太多失去。

為了要愛他，我丟失了好多自己。

可是我不後悔啊，
那個曾經會為一個不愛自己的人找盡藉口欺騙自己的傻蛋、
一個不過是抿一口酒就要被占便宜的女孩已經不在了，
都離開我了。

失去的那些，不論好的壞的，都讓我自知：

知道不能總是一頭熱然後就換的一身傷、知道不應該心存僥倖，
畢竟能夠出生在這個世界上就已經是好不容易、
知道最堅強的手段就是溫順而且柔軟。

就像是等待重生以前，
總是要熬過一段很苦很苦的日子。
破繭而出的那一刻，就什麼都有意義了。

49／控制狂

不要去愛一個讓妳沒有自己的人。

我是在很受傷的那一年碰到他，
那樣的我，那麼悲傷那麼殘缺，
以為沒有人會再要自己。
看他陽光般的向我走來都像是命中注定，
耀眼的差點要睜不開眼睛。
從此把他的感情看成了恩情，
知道無以為報於是以身相許。

可是我沒有想過終有一天他會向我要。
那些他曾經給我的，還有更可怕的，他想要我擁有的。

他要我秀氣，說我的大嗓門讓他難堪。
每一次朋友聚會中我下意識地脫口而出低俗的冷笑話，
他在桌底輕捏我的大腿，忘記我曾經夜夜在他的臂彎中
歇斯底里過後睡去。那時候的他最會說沒有關係，什麼
都沒有關係，我居然也就深信不疑。

他要我少吃炸物甜食，說我的身材再這樣下去不行。

他要我領口拉高姿態放低，要我多一點美麗意識。

生日禮物是一隻珊瑚色唇膏，他說以後約會就都用這隻，大紅唇太俗氣亮橘又太幼稚。

一開始以為沒有關係的，到了後來都是問題。

好久好久以後，我終於瞭解到像他這樣的人，是我不應該愛上的人。

我捨不得太多的自己。

僅管我悲觀、傻裡傻氣、已經邁入二字頭還不夠了解自己，笑起來沒有節制，眼淚掉得不明所以。

可是這些都沒有關係，我知道比起他，我更應該要留住自己。

或許就像博物館裡面的展示品，不會總是光鮮又亮麗，可能也有沒人能解讀的細節紋理，可是它們確實有存在的意義和價值。

我相信總有一天，會有人站在我的面前，

就像伯樂尋千里馬一樣：

一見如故，再見動情。

他會知道，我會知道：

這些日子，

我們花了這麼多心力、

拒絕過多少酒局、也看透了幾次愛情，

都是因為我們要找的人，就站在這裡。

50／你們沒有在一起

妳已經不記得從開始去愛了以後，
又磕磕碰碰地愛錯了幾次。

妳欣賞他的好口條，沒有料到字字珠璣成為日後欺騙妳
的主力；
妳進入一段感情，他有的是交際手腕和能力，沒有的是
時間和穩定性；
妳和他在一起的時候最自在，可是只有相依的時候安
心，道別以後他的手和心就都不乾淨；
妳和他無話不說，可是內容總是空泛沒有意義。

這些年來，妳的感情就像四季一樣，以規律的頻率更
迭。
妳其實不害怕分開，
認為那不過就像是換季，
入秋了就該購入高領毛衣，
明年的夏天就又會有新的元素流行。
不合時宜的人，就讓它成為過去。

妳沒有真正愛過，沒有真正受傷過，直到遇見他。

他不像過去那些愛錯的人，他笑起來不螫人。
我想妳會愛他的原因，是因為他讓妳以為妳可以：
可以這樣去愛一個人，妳和他，
這樣的搭配永遠都不會退流行。

他工作忙，可是難得的休假日願意早起跳上高鐵，
只因為妳在電話那頭呢喃著想要去旅行。
他分享所有他的生活小事，
從睡遲了的早午餐照，
到見客戶該繫哪一條領帶。
那些也其實都不重要，
他就只是想了解妳的喜好，
妳心知肚明，一頭栽了進去。

他讓妳覺得，他想要留住妳，在他現在的生活，和往後
的生命裡。

可是妳忘記要記得，自始至終你們沒有在一起。

妳以為妳給了身體也給了心，
是不是就換到一段有名有分的感情。
妳不知道像他這樣居無定所，

大半人生在高鐵和飛機上度過的人，從來不走心。

他從來就沒有把妳放進他的人生規劃裡，
不過是紳士習性，習慣對一個人好，喜歡看女人為他而
笑，而妳正巧就出現在那裡。

妳很受傷，
像是走音嚴重的孩子沒日沒夜的練習歌唱，
上臺的時候還是因為緊張而破音。

妳以為自己已經很努力，可是愛情要的不只是努力。

努力地愛一個人，和幸不幸福從來就沒有正向關聯。

妳不知道自己什麼時候才會好，第一次活得這麼退化。
進食只是為了維持生命、
足不出戶因為到哪裡都想到他、
妳不敢拿起手機，裡頭滿滿的回憶，
朋友的關心慰問就都轉接語音。

沒有人可以找到妳，
妳也不知道自己在哪裡。

妳丟失了那個很快樂，很自在也很自持的自己，

妳不知道自己其實不是很愛他，
不是非他不可，不過是不甘心而已。

妳難過的，從來就不是妳愛他，
是他從來就沒有愛過妳。

51／最勇敢的事情

曾有一任學生時期的男朋友愛車如癡。

有一天，他決定要改管，可是幾乎所有的積蓄已經拿去幫他的「貝比」裝了當時最瞎趴的所有配備。我不懂那些東西，只管二話不說的把將近兩年份的紅包錢給他。

看他欣喜若狂的樣子，我沒來由的笑了。

他抱著我的時候，我以為那是愛了。我真可愛。

還有一回，我無可救藥的喜歡上了一個人。

他很特別，與其說是我能從一群人之中一眼就指認他，

更像是由他而散發出的一股魅力，

總能狠狠的吸走我的目光。

有他的天空總是光彩奪目而且蔚藍，

可他的天空裡從來沒有我的存在。

我總歸是愛他，而他最愛自己。

因為他喜歡穩重的裝扮，我不穿粉紅色的衣服了。

因為他喜歡有氣質又不失口條的女孩，我的每一句發言都戰戰兢兢。

現在回想起來，那時候的自己好似愛他，其實不然。
或許某個部分的我只是想證明自己能為一個人失心到什麼地步，
能為愛丟失多少的自己。還年輕的靈魂，就不怕心碎。

如果你現在問我，能為愛人做的最勇敢的事情是什麼？

我會說：
是在這樣一個以假亂真的世代，
能夠定定的看著對方的眼睛說著再簡單不過的情話，
沒有一絲遲疑，沒有一點猶豫，
腦海裡沒有第二個身影；
能夠在冷冽的冬日夜晚裡，傾心為對方熬一鍋雞湯；
能夠在漫漫長日中，決定儘管將來會有很多無趣的日子，很多爭執的聲音，還是決定是你。
惡言相向多花腦力，我只打算浪費給你。

對如今的我而言，
良心完整的去愛，
不求回報的對待，
就是愛一個人，所能做到最勇敢的事情了。
你呢？你為你的愛人做過最勇敢的一件事情又是什麼？

52／明天的　我愛你

第一眼見到你，還沒有喜歡你。
還不知道以後的自己，會有多喜歡你。

究竟是什麼原因呢？
就連我自己也理不清。

起頭於你的笑容。

我不是一個幸運的女孩，
原生家庭的遭遇像是基因，
悄悄地潛伏在我裡頭，揮之不去。
我曾經笑不出來，被人說說話很假，因為句句哭腔。
他們不知道我就要不行了，就要崩毀了，
我好小的身體裡藏了很可怕很黑暗的一隻怪獸，就要藏
不住了。

感謝上帝我僥倖地活了下來。
長大以後的我終於可以溫和的與人共存，
可以好好地看看世界，

不用再害怕盯著一個地方的時候，就要失焦了。
眼淚的龍頭修繕得宜，不再動不動就潰堤。

可是幸福還是像奢侈品一樣，
在我踏不進的專櫃裡，
抬高了下巴瞥著我說道：
「妳這輩子休想要得到我。」

習慣不被愛的我，
習慣一個人的我，
在一個平凡不過的夜晚，
撞上了你的笑容。

你知道嗎？
你笑起來的樣子像是有善意從你裡頭溢出來。
空氣頓時變得好暖。
那麼多年，羊兒終究是找到他的牧羊人了。
我想要跟你回家，我們的家。
愛上你以後的日子，和想像的一樣，沒有多麼閃亮和偉
大。

大概是，

當乏味而疲倦的一天又過去，

站在嘎吱作響地老舊電梯裡愣愣望著鏡子裡頭那個正被現實壓得喘不過氣的自己。

黑眼圈、斑點、痘印，好似天上的星星，零星散亂在一個青春期少女的生命裡。

可是我會很放心的知道，

當電梯緩緩升起，門後會有一個你。

那樣的你不會訝異我原來並不神氣，

不像外人看到的，總是那麼從容得體。

那樣的你會輕輕的搔我的後頸，

告訴我晚飯在餐桌上，

洗衣籃的衣服已經洗好曬好，

窶窶剛吃過，現在正呼嚕呼嚕地睡覺。

「謝謝你。」

我偎在你懷裡，幻想時間能夠暫停。

原來，愛情是這樣：

和一個能夠一起生活的人，

說很多言不及義的屁話廢話，

和一些情啊愛啊的綿綿細語。

那些小缺小點在愛情前面原來就都不重要。

夜深了，朵朵睡睡醒醒。

明天又是好漫長的一天，
甚至還不知道有沒有後天。

那麼，請讓我輕輕實實地告訴你：
「明天的　我愛你。」

53／愛小姐

每一個人的生命中，都會有一個愛先生／愛小姐。

每一次你們相約在不同的茶館啜飲著茉香奶綠嚼著珍珠，
或者在週五夜晚像兩隻疲倦的貓懶洋洋地賴在一間酒吧不走。
他總能笑得那麼好看，宣布自己戀愛中的感情狀態。

每一次去愛，就都像第一次一樣。

「又來了。又要泛濫，要犯傻了。」你暗忖。

愛小姐她一直去愛。
愛像是每天的穿衣洗漱，
每週二晚上七點半的瑜伽課，
每半年一次的洗牙作業，
在她的生命裡存在的如此地理所當然，不容質疑。

「這是我新交往的對象，Nick！怎麼樣？笑起來很好看吧？」
「欸欸，不過我是覺得去年那個劈腿七七四十九次的Pilly肌肉略勝一籌啦～哈哈哈哈！！」

愛小姐甚至能拿自己的挫敗開玩笑。

你有時不禁會想，愛小姐她懂愛嗎？

愛不應該是需要培養而且被珍視的情感嗎？
懂愛的人能夠這樣反覆地利用自己的情感嗎？

同為一個愛小姐，我想替愛小姐們告訴你：

我們的愛再認真不過。
就像輸血一樣，我們一次次地把一部分的自己交了出
去。
什麼部分呢？大部分的時候，是一顆完整的心。
可對方用了各種方式，
捏著我們的心，
說那太重了我提不起、
說對不起沒想過妳要的是更長遠的感情、
說醒醒吧我壓根兒沒愛過妳。
心就連著血肉一顆一顆地被交回來了。

我怕血。第一次被辜負的時候，我一個月吃不下飯，太陽光線太刺人，夜晚又太漫長。

一場分手在夢中只花現實世界半小時，一個晚上我能夢見各種被拋下的方式，多駭人。

再來的第二次第三次第四次……
應該說是習慣了做一個被害者以後，
我好像領悟了些什麼：
我不應該要害怕，我應該要堅強。
做錯事情的人不是我，他才應該要害怕哪天哪個不三不四的女人打給他說懷了他的種。

那一夜，
該流的眼淚沒有少流，不該喝的酒伴著嘔聲入了馬桶。
可是我知道，等我清醒以後，「傷害」都是過去式了。

以後的每一次戀愛，我還是良心完整的去愛。
就像許菁芳寫道：
「當你伸出手去愛人，愛就從你裡面生長出來。」

我不害怕了，就能站直小小的身體，驕傲地告訴我的愛人：「我很愛你噢。」

愛是一種流動的情感，而我多希望愛能夠一直流向同一
個地方。

我想告訴所有的愛小姐：妳們都辛苦了。
妳們一定也不願意這樣子的吧？
重複著把自己交出去又被拒絕的循環一定很讓人心灰意
冷吧。不用一直笑著也沒有關係喔。
願你們的溫柔終有一天能被世界上另外一個愛先生給找
到。
到了那一天，你們會很熟練地掏出彼此的心，笑著告訴
對方：「這就是我的全部了噢。」
然後相視而笑，相擁而泣。
能那樣的話，就再好不過了。

親愛的愛小姐們：
就像第一次一樣，
沒受過傷的那樣，去愛吧。

54／把鼻

關於親暱的稱呼。

在課桌底下偷偷傳著紙條，
一字一句青澀初心的年紀時，
我總是給他們起一些令人抬不起頭的名字。
什麼「親親豬寶貝」「豬比鼻」「臭豬老公」……。
現在想起來真是好氣又好笑啊，我是養豬場嗎？

後來就好多了。不再要很有花樣的愛情，不再要華麗無
比的名號。
懂得了日日夜夜大魚大肉總會油膩致死的道理，
知道愛情終究不是一場盛宴，
清粥小菜就夠飽足兩人份的愉快。
我會給他們起一些很簡單可是特別的名字：
可能是沒有什麼人知道的乳名、
他不習慣可是很好聽的英文名字、
又或者是千古流傳百聽不厭的「寶貝」「baby」……。

我以為這就是愛情最好的樣貌了，
直到在這一年遇見他，愛上他。

我們像是雙生兒一樣的相愛。
互補互足的去給予彼此不多不少，
不至於無足輕重，
也不擔心壓垮彼此，
那樣剛剛好的愛。

我們一起豢養了一隻小貓咪。
第一次到收容所的時候，
我可以看見他懷抱著牠的那雙眼睛，
閃閃發光，是每一個夜晚說愛我時閃爍的那雙眼睛啊。

「我們知道⋯⋯就是牠了！」
像是摸到了一把好牌（儘管後來我們都知道這副牌偶爾
很壞！），
他興高采烈地對中途的姐姐說著。

而我也知道，就是你了。就是你了。

我們開始了新手爸媽的生活，
就近到附近的寵物用品店採買。

「我的孩子大概是這麼大噢。
這個外出籠牠待著會舒適嗎？
那牠吃這款飼料會不會太油啊？
我想要牠健康大過於快樂，
但是快樂也不能少太多啦。」
我一臉小媽媽的樣子，
比手畫腳的像是在說一個很神奇的故事，
差點要笑壞了店員。

一人兩袋雜貨，
一隻手也沒閒著，
沿路吹著涼涼晚風，滿是疲倦輕飄飄地走回家。

「以後妳就是媽咪了，好老喔。」

「媽咪──」「媽咪──」

你打趣的笑著，而我才意會過來，這個詞的重量，好像
遠遠超過我的想像。

「那你不就是把鼻？你有辦法嗎你？哼。」

「了不起，負責。啊哈哈哈哈哈哈！」

就是那個時候，我找到只屬於你，最親暱的稱呼了。

親愛的「把鼻」，我想要告訴你：
可能有一天，
這個世界不會再允許我們這麼肆無忌憚，
無後顧之憂的相愛著。
可是我希望你記得，在這麼多的現實裡，
我仍然想要和你一起蹣跚地走下去。
以後也會有辛苦的日子，
也會有你生氣我受傷你疲憊我想要放棄的日子。
你受不了我的脾氣，我嫌你小家子氣。

可是請你牢記，
當爭執過去，
旭日東昇之時，
我仍然愛你。

55／初戀

年輕的愛情是最簡單也最難得、
最迷糊卻最多情、最傻最純最美好的。

長大以後，總在脆弱的時候想起你。
那個我愛過的你，和用盡全力去愛的自己。

戀愛嘛，戀愛的開頭總是好的。
挑食的少女吃起飛機了，
總在雙手合十之間盼望告白的日子就要來；
少施胭脂的我開始流連彩妝版，
默默地開始想成為一個更有色彩的人。
市區高樓林立，
生活烏煙瘴氣，
於是捎一封訊息給你：
「我們去山上吧。那裡的空氣乾淨，星星無所循形。」

忘得了嗎？怎麼可能吶。
你在山頂上和我說：「欸，我喜歡妳。」

青澀的牽起雙手，
拿捏不穩力道的你，
差點要把我弄痛，
是多溫柔的痛。
寫著無聊當有趣的小紙條、
即時通的上下聯動態，
把歌詞一分為二，一人一半，
是不是就真的一輩子不會散？
放學回家的路說近也不近，
你就陪著我慢慢走，看萬家燈火通明。
在W100的桌布快捷便簽上面寫下：
「第一個心願，為你，把幸福堆積。」
小毛頭真懂幸福是什麼嗎？
大概是接吻前你從冰櫃裡請我一支牛奶口味冰淇淋。

很不巧呀，還是被拆散了。

這些年過去，
世界把我變成了一個有時候連自己也要認不得的自己。
狼狽的日子多了，和世故漸漸熟悉；
夢裡不再星光點點，甚至沒有了做夢的勇氣。
在朋友和朋友的朋友圈裡面好似從容的活著，

卻在心事要落地時，成了遊牧民族，無處歸依。
習慣在心裡滿腹委屈的時候仰起下巴努力笑著，
因為不那麼快樂的話，就要掉淚了。就要不行了。

可我在要自己振作的時候總會想起你。
你的笑、
你的小虎牙、
你低沉溫厚的嗓音、
你輕輕哼著的小曲、
你說我愛妳、
你再再向我伸出的手，是為了牽好我，而非索求更多。
多難得，你從不要我不像我。

這個世界把你帶向了哪裡？
城市的光景又把你變成了什麼樣子？
想想你，應該也和我一樣，總是不甘如此吧。
應該也不想讓人操心，而加倍努力的在成為自己想要的
樣子吧。

過往情事已成追憶，
愛過的人再也回不去。
而你的好會一直封存在我心裡，

那一切倒也就不可惜。

謝謝你，
造就了我青春年華最炫爛的一段愛情。
願一切都好，我的初戀，親愛的你。

56／情人節

雖然對於「每一個月的十四號都是情人節」這句話只有
白眼可應對，
會想知道是不是真的大家都這麼水母腦如此輕易就中了
商人們的圈套。

可畢竟我是在大家熟知的西洋情人節出生，
血液裡難免留著浪漫的成分，
對愛情也懷抱著美好的想像。

再再看到路上依偎著的情侶，
或是朋友們和閃光打卡時幸福的笑顏，
我不再像過去，有被排擠的情緒，
不會認為自己比較孤單低落。

我只是暫時還沒有遇見愛，
而她們現在無論如何也要相信愛，
旁人看了都覺得好傻好可愛的神情，
我也曾有過。

單身或者有伴，都不過是一個選擇，
沒有誰好誰壞，我很喜歡我的選擇。

但仍然必須囑咐的是：

和對的人在一起，節日不過是附加品。
沒有非過不可的節日，非走不可的行程，
每一個相愛的小日子，都是好日子。

陌生而親愛的妳：
願妳溫柔而且善良，
比誰都還要愛自己。

57／想要戀愛的妳

有時候妳會回想起那些年談過的戀愛，
最後發現那些回憶大多都像學生時期的畢業紀念冊，
妳知道是什麼樣子就好，沒有必要攤出來惹人笑。

妳想起有一個男孩子五官那麼好看，
驕傲不過是理所當然；
有一個乖乖牌，
存了好幾個月的零用錢就為了買一隻泰迪討妳歡心，
卻忘了妳對人造毛過敏，真是好傻好天真。
啊，還有一個，叫什麼來著……。

妳想著想著就哀聲嘆氣了：
「唉呀，愛呀，你什麼時候才要善待我呀？」

可是親愛的，
愛情往往是在轉角埋伏，
等著撞上不看路的傻瓜。

求得太急切的、算得太剛好的，叫做相親。
而親愛的妳，要的是愛情。

所以笑一個吧，然後繼續走下去。
或許愛情就在下個拐彎處，它已經看準了，就是妳。

給每一個想要戀愛的妳：）

58／最喜歡自己

如果妳喜歡的人沒辦法作喜歡妳的人，
有什麼關係，就替他好好的喜歡自己，
讓他也羨慕被如此完整的喜歡著的自己。

哪天或許他回來找妳了，
承認那時候沒看上妳是因為他沒有好好的看過妳，
沒有說的是他不過是想要擁有被喜歡後看起來就昂貴了
的自己，

妳可以趾高氣昂地告訴他：
「不必動用你的喜歡。我已經有我，最喜歡我自己。」

凡事指望別人就要有哭哭啼啼的準備，女孩子就該多疼
自己。
疼自己的其中一項，
是要妳豁達一點、看開一點、眼淚少流一點，
自然就能夠快樂一點。

而這樣子的快樂，是妳自己給自己的。
當妳有能力讓自己快樂，
妳就會發現那些當初搞得妳一把鼻涕一把眼淚的事情，
不過是鼻屎一般大的煩惱！

59／單身情人節

一個人的情人節，你怎麼過呢？

我要換上溫暖的衣服、
踩著走起路來像跳舞一樣噠噠噠的鞋子、
化上初戀少女般迷人的妝、
將香氣往空中噴灑，淋一場香水雨。

我要對著鏡子裡的自己獻上全世界最真誠的讚美，
我會想也不想地對自己說妳好美。

我要隨著耳機裡頭溫柔的旋律哼著小調，
循著太陽的足跡走進一間在光影間忽隱忽現的咖啡廳。
我要替自己點一份最精緻的午茶，
我會同時啜飲手中的伯爵奶茶以及空氣中充塞的甜言蜜
語。

情人節多美好，
有沒有伴已經不那麼重要。
我要牽緊自己，很開心很開心的笑。

因為，
情人節不只讓愛人過，
也讓愛自己的人們過。

60／日記

開始寫日記了以後，妳會發現，
時間和情緒是互相拉扯的戀人。

回去翻一翻三天前的文字，
都會嗤笑自己當初是為什麼為了一個過路人
如此憤怒、哀傷、潦倒失意、失去方向感、失去自己。
情緒如同未婚懷孕的少女，
離去的腳步如此慌張急促，
而留下的文字，一片空有其表的悲壯，真的還重要嗎？

三天前的情緒已經如此，何況是三週、三個月、三年？

那些會在日記裡頭和妳說走就開始打包行李的、
一起做的事情，無論多傻多瘋狂，
回過頭來看也都是幸福的、
做娛樂版常駐嘉賓的那些人，
他們所帶給自己的，被記錄下來的，
可以說是每分每秒都妙不可言。

這才是時間帶不走的。
他們對於要陪伴妳下去的固執，
是天搖地動天崩地裂也帶不走的。
妳是他們的使命，妳多幸運。

情緒如實地記載，時間如常地稀釋。
不要擔心今天下雨了，
心情糟透了，悲劇就要上演並且出續集了。

相信我，
不好的都要走了，更好的就會來了。

61／朋友話要聽

有的時候朋友們不要妳戀愛的原因，
是因為我們都一眼就看出了他哪裡不對勁，
只不過當局者總是迷。

我們不是不讓妳去闖，
是看到了前面的路不是懸崖就是墳場，
殊途同歸之下，
我們實在不捨得妳這般才華洋溢的女孩子香消玉殞，
愛錯人本身已經夠要命。

我們不是不讓妳「總要試試看才知道的嘛」，
有些人就是名副其實表裡如一，
從裡臭到外，妳聞不到我們不怪妳，
可是基於道義我們要救妳。

我們也戀愛過，

知道戀愛的一開始總是放晴，

戀人的每一天都是假期，

虛度的光陰也能成風景。

只是我們不要妳大喜又大悲，

妳連雲霄飛車都不敢坐了，

憑什麼我們得笑盈盈地目送妳排自由落體？

妳乖乖的，

再等一下，

總會有終於是進入狀況的人準備好自己，準備要愛妳。

在這之前，我們陪妳。

62／戀愛的資質

收到過一個女孩的來信。
她很無助的告訴我說，
這幾年來，她已經陸續和幾個男生曖昧了很久。
卻都在幾乎要在一起的時候，男生選擇了別人。
她很受傷也很疑惑，到底自己是不是做錯了什麼？

這是我的回覆：

我其實覺得妳只是剛好運氣不好而已吧！
不知道妳願不願意聽我的故事？
其實我的情路也真的很坎坷啊，
莫名其妙被甩、被劈腿、被忽視什麼的我都碰過，
我也是這樣連滾帶爬的過來了，
因為我始終這麼告訴自己：
「我已經準備好了。
我有戀愛的資質，
我只是還沒有足夠的運氣。
不要擔心，就快要是我了。」

我希望妳也是！

People met for a reason,
either they're a blessing or a lesson.

和過路人揮手說再見吧，
謝謝他們讓妳成長，
儘管過程很受傷。
有一天妳會慶幸走的是他們，
當妳身邊已經有一個在最好的時候出現的，最好的他。

63／光棍節

很多的時候，我都想和身邊的人說：
你急著愛人，有沒有想過哪時候要急著愛自己？

不是要我們都自私自利，
也不是要說出沒有愛情也活的下去這般冠冕堂皇的大道
理。

可是，
在感覺還差了那麼一點的時候、
在自己心中的小天平左右擺盪的時候、
在妳還能用自主意識決定要不要回訊給他的時候，就正
是該緩緩了的時候。

有些感情，與其將就，不如就錯過。

在這樣不知道該把精裝的感情送給誰的節骨眼上，
不用煩惱了，就全部都用來善待自己。

祝看到這兒的你，有一天能心安理得地說：
「我的情人還不知道在哪裡，
但我也並不真的很介意。
在他出現以前，
我會照顧好自己。」

64／不偉大的傷心

很多情緒大多都是被放大的。
尤其負面情緒，尤其傷心。

可是其實，你的傷心真的沒這麼偉大。

真的，沒有誰少了誰就會活不下去。

上帝生給你兩隻手就是一隻拿叉一隻拿刀的、
給你兩隻腿就是要你不要總指望會有人永遠空著副駕的
位置等著你應酬完跑趴完跟蹌爬上車的。
分開以後你只想著要很傷心的發一篇題為與世界訣別的
網誌、要每晚喝到爛醉如泥帶著隔夜妝上學讓朋友都深
感同情與可憐、要哭得像是在演連續劇，像是你平平十
幾歲的人生真的遭遇了什麼大風大浪生離死別。

我說你夠了吧停止抓角度自拍悲傷照了吧？
還真以為有攝影機跟拍妳要出個新節目啊？

醒醒吧。

一個人未必幸福，
但一定要開心。
一定可以開心。

65／難過都是過程

妳以為自己已經放下，其實只是記性太差。
傷心不會放過妳。
那些回憶還是像莫名就起了頭的聯想遊戲一樣此起彼
落，一點一點地做出有效的傷害。

妳的小套房只剩下一支牙刷一套睡袍，
男用洗髮精沐浴精保養品都被垃圾車給載走，
妳以為自己已經安全。
可是還是會在一個不經意的下午，
打開筆電看到屬於你們照片的資料夾，
臉書不會知道他不再是使用者，
自動登入的帳號密碼都還有他的影子。

他不是曾經來過，是一直沒有走過。

妳在點開手機藍芽的時候看見他車子的藍芽名稱，
想起了那一年妳陪著他看車，
你們的第一次公路旅行，
他的車子裡面有妳喜歡的香氛調，
可能地板還有妳愛吃零食的碎屑。
妳是雄赳赳氣昂昂的副駕駛，
你們天不怕地不怕地上路。

那時候的你們要去的是同一個地方，怎麼到了最後卻各
有各的方向。

妳在夜很深很深的時候把頭埋進枕頭裡哭，
就像電影情節一樣期待手機會傳來他的訊息，
然後你們就都沒事了，他一句話就好，以前的錯妳都不
計較了。

妳以為認輸了就會被放過，
可是妳又摸到了壓在枕頭底下的，
妳為他寫的日記以及他親手做給妳的小本子。
那些自己是女主角的故事還是鮮明，從曖昧到吵架鬧分
手，
妳模糊著眼睛一字一句地讀完了。

手機仍暗著，天悄悄亮了。

如此折騰以後，
妳來問我到底要多久才可以活得至少像個人？

我希望妳不要急著要好，要明白難過都是過程。

正是因為這些難過證明了妳曾經是多麼地愛一個人，
也要妳知道：
再也不要輕忽自己的感情，
不要把分手說的如此隨意。
在愛情裡，最重要的不是資質，而是努力。
妳肯努力就好，相信我妳真的很好。

像是戰亂以後倖存的人，
不要再有更多的痛苦就是幸福。

我們一起努力，做更幸福的人。

66／失戀人指南

可惜的是，戀愛從來就不公平。
就像是學生時代的我們，
有一天突然就被昨天還相親相愛的好同學們排擠一樣；
就是很有可能某一天醒來發現應該是兩人來談的感情只
剩下自己了。

長高和長大，從來都是一夜的事。

我無法給妳靈藥或是仙丹，
讓妳讀過我的訊息以後從此就開開心心。

可是我這裡有失戀人的指南，
我是如何走過來的，
我可以告訴妳：生活。

不用刻意好好的，
不用光鮮亮麗的，
不用好像分手也沒什麼了不起的。

就是平平淡淡的過一天算一天，
該吃飯時吃飯，
夜深人靜時就替自己蓋好被子；
想哭就哭，不要壓抑，不要覺得這 狼狽好對不起。

一天又一天，
總會有一天，
你不再一個人走著走著就對天空發呆了，
你接起朋友的電話，他們終於不再很小心的問你說：
「午餐有吃吧？現在還好嗎？」

你會忽然發現自己又能笑了。
你就好了。

67／光芒

他們有和你說過嗎？

妳愛一個人的時候，眼睛都在閃閃發光著。
眼底星空，就是說妳呢！

那一年又一年魯莽的去愛，很勇敢的去受傷害，
笑著說沒有關係，哭著說是我不夠好對不起。
要愛得像是沒有明天，傷得像是只信仰愛的人，
每一次的戀愛，都差一點要殉道。
那時候的自己多傻，多義無反顧的相信會有奇蹟？
怎麼現在長大了，突然就沒有了愛人和被愛的勇氣？

妳知道那是因為好不容易。
好不容易妳可以用自己的努力選擇過更好的生活，
不用因為不再年輕卻還是單身而低身下氣。
好不容易妳可以比過去的所有舊情人還要愛自己，
那個為了和他再多聊上幾句而熬夜熬出了黑眼圈青春痘
的少女已經不在，
從今以後妳要多吃蔬果補充維他命，
上瑜伽課程，定期做臉，早睡早起。

最重要的是，妳好不容易走到了這裡。
妳沒有讓過往的負傷成為如今的舊疾。

妳失敗過無數次，
可是妳知道那些都沒有關係，
都是過去，終究都會過去。

妳的過去成為了妳現在寧願單身的原因。
不是因為害怕不再被賞識，
不再被認真的捧在手心，
是因為那些錯愛的以及錯過的，
讓妳更知道自己要的是什麼。

妳很任性，是因為妳知道自己不要再將就。
多少次的隨便一個也可以，
到了最後就是會走不下去。

戀愛時的妳雖然閃閃發光，
投射的是他眸中的點點星光；

可是如今的妳，
本身就是那樣一道令人無法忽視的光芒。

68／恐龍尤物

不知道你們有沒有看過恐龍尤物（The Duff）？
很喜歡在劇末女主角說的話：
沒有一個人是完美的，
應該說，世界上根本沒有所謂的完美。
妳總會遇到有人山根比妳高、
小腹比妳平坦線條比妳好看、
錢包比妳厚、
包款比妳新、
連牽的狗都過的比妳好。

可是這些真的不重要。
妳不在乎，就不重要。

不要讓世界定義妳是誰？
妳該是什麼樣子？
妳怎麼會是這個樣子？

「愛過很多人的就是蕩婦，衣服穿得少的就是公車。」

不，不是這樣子的。
只有我們可以定義我們自己。

不要讓他們輕蔑的話語否定妳，
同時，也不要讓自己的價值只建立在他們嘴裡。
這又是另一個故事了，最近好多奇葩的臉書社團跟比賽
如雨後春筍般興起……
我只想說，對沒錯，並不是穿得少的就是破麻，可是用
肉體換來的人氣真的是很有限的。
很快的那些原先注意到妳的人也會用同樣的原因去注意
其他人，
因為妳有的別人也有，恐怕還比妳有的更多。

人們常說要讓別人愛上妳以前，先好好的愛自己。
愛自己是什麼呢？
我想是瞭解妳的身體，
它不需要也不應該如此赤裸裸的在網路上給陌生男人半
夜尻槍用。

拿回妳的自主權，知道自己的價值，然後好好的生活。

只要好好的，就會好好的。

69／我的短髮

其實，有時候，我真的很討厭我那　短的頭髮。

在剪短以前，我不會走在路上時被婆婆媽媽揶揄性別；
在剪短以前，我能像其他人一樣在舞蹈中性感的甩髮；
在剪短以前，我可以任意的變換造型：
馬尾、公主頭、蘋果頭、大旁分、夾捲，
現在的我無論怎麼變就是這樣而已，只能這樣而已。

其實，有時候，
我真的很想念那個大家都說比較女生的我。

可是我知道在年初把頭髮剪掉時候的我，
是最自信最閃閃發亮的啊。
不應該因為誰說了什麼，
誰指指點點，誰嫌棄甚至誰因為我的短髮離開我而難過
傷心。

我不用像個「女生」，
那個他們定義中的，
看到蟑螂會尖叫、
喜歡粉紅色凱蒂貓、

不能說粗話不能這樣那樣的女生。

有時候，我真的很討厭我那麼短的頭髮……

喔不！其實不只。
我討厭我一內雙一外雙的眼皮、
不夠厚的嘴唇、
垂垂的睫毛、
充滿肌肉的雙腿、
肥胖的手臂和永遠該要再小一吋的腰……

我該喜歡這樣子的自己嗎？

可是當我看著醫美診所的廣告，
那些一張比一張還好看，
還要花錢，還要沒有辨識度的臉蛋，
我願意踏實的去喜歡自己了。

因為這就是我啊。

我愛自己，那麼你呢？

70／Love Letter

這是一封信，給十七、八歲的妳們，十九歲的我。
親愛的妳們，親愛的我。

不要急著急著就跟著世界改變妳的容貌。
我們一起看過多少漂亮的女生在漂亮以後就殞落，
從哪裡開始就在哪裡跌倒，
摔傷的不是那墊得好挺好直的鼻梁，
是接下來的青春都不能再大膽而且自由。
不能再想說什麼就說什麼，想去哪裡就去哪裡，
連嘴角揚起的弧度都開始受控。
那麼需要害怕而且緊張的人生，我們不要。
聽著：漂亮固然好辦事，溫柔才是真本事。

妳要知道自己的喜好，
好好的做一件能夠讓妳快樂的事情，然後遇見更好的自
己。
彈吉他跳跳舞寫寫字打打球，妳不要侷限自己。
想一想，妳還能活力充沛多久？無後顧之憂多久？
是啊，做什麼都可以，千萬也別浪費自己。

在最美好的時光裡，做一些一輩子都會為此而驕傲的事情。

妳不要只是日復一日的活著而已。

給自己一些挑戰吧！
先從那些很小可是也不太容易的開始：
體脂降低5%、一個月不嚼珍珠、讀完一本原文小說、看一場會哭到不能自己的電影。

再來要做更長遠的打算、更冒險的事情：
二十五歲的時候要到雅馬遜叢林看那些就快要消失的瑰麗美景、
三十歲以前要到希臘談一段浪漫不羈的異國戀情……。

妳不要慌張會不會一直不被愛下去，
二字頭的這個十年會不會又都是沮喪和傷心。
相信我，那個他也在世界的某一個地方四處張望，
想著要遇到如妳一般與眾不同的女孩，談一場戀愛，一談就是一輩子。
妳只要好好的愛自己，在他出現以前替他照顧好自己。

有一天，總有一天，他會找到妳。
親愛的妳，不要害怕，不要害怕呀。

71／出色的大人

我們都想過要做出色的大人，
每一天醒來都有好多人等著你再做點什麼，
有好多代辦清單等著完成的人。

我很小的時候想過要做太空人或是考古學家。
國小畢業以前都立志大學要念哈佛，
還得帶上我的父母親，以免他們太想我。
最好的話，在畢業以前認識未來的丈夫，
一見鍾情、一拍即合、一輩子就愛那麼一次，一次就是
一輩子。

誰料到我會是現在的我呢？
念社會組、父母分居、總是努力的去愛，受傷了還學不
乖，
以為對方是一時糊塗，總會迷途知返，不知道他就是生
性可惡。

是發生了什麼事呢？

從前的我一昧在意過去，現在的我只想考慮未來。

究竟我以為的出色是什麼呢？
我寫了一些東西，讓一些人動容，於是我不停的寫。

他們說我很有才華，不知道那不過是掏心掏肺的努力，
不知道有一段日子，我不發表不讓我寫到哭出來的文
字。
「要感動你們，就先感動自己。」
那是我對自己作品的堅持。

究竟我以為的出色是什麼呢？
不過是喜歡自己能做的事情，把興趣做成才氣。

你很會唱歌嗎？那就立志要唱進人們心裡。
你很會打球嗎？那就努力進入國家代表隊。

我知道這輩子是上不了哈佛了，
可是我更喜歡現在的自己，
有用而且有在活著的自己，
還不出色但正在路上的自己。

你呢？想成為怎麼樣出色的人呢？
就去吧！你也可以。

72／新年

新的一年，希望妳能夠遇到一個人。

這些年裡，妳盛裝打扮參與過幾場聯誼和酒局，
時間一到還是一個人出現在電視前面看歐美影集。
「就連set好的梗都比剛才包廂的男人幽默有趣。」妳嗑
著瓜子暗忖。
二十來歲的大女孩，已經懷著輕熟女滄桑世故的心。

妳不是不願意去相信愛情，只是身邊有太多反例。
真心愛妳的男人沒出息，有能力的男人不會只要妳。
年紀輕的大男孩跟得上流行，
有著的卻是粗大的口氣和膚淺的話題，
他們找不到可愛與性感以外的形容詞來誇獎妳。
他們不知道妳不要只是好看被看見而已，
妳想要成為耐看的人。讓人渴望一探究竟，就看進心底
的類型。

於是妳寧願拿年終到海島國家小旅行犒賞自己，
不要浪費時間和金錢撐著一段不明不白的關係。

這些年裡，妳看著身邊的朋友一個個去愛。

就像是小時候的自由活動時間，
老師下令，所有人就一哄而散。
就只有妳一個人站在原地，
不知道要去哪裡，沒有地方可以去。

妳像是奶媽一樣把他們一個個交出去，
看著她們就要被另一個人好好的守著了，
看著她們終於不再支支吾吾的落淚了，
取而代之的是對方下跪時候的喜極而泣。
看著她們終於被愛了，終於可以愛了。

妳很滿足，可是也有一點點傷心。

我知道有些時候妳會懷疑自己。
妳會失望地想著：
「怎麼她們都有地方要去？
怎麼她們的愛情都好容易？
我是不是早就被邱比特除名？
我體積不小呀，箭什麼時候要射往我這裡？」

我說親愛的，妳不要放棄。

妳一直這麼努力，
妳一直這麼好，
半途而廢將就了會有多可惜。
不要談別人認為對的愛情，
不要走長輩在桌菜前叨三念四的婚姻。
只有妳知道自己想要的愛情，會是什麼樣子。
只有妳清楚自己發自內心笑起來，該有多美麗。

今天妳可以小小的懷疑自己，
明天就要再跨大大的步伐向前邁進。

我說親愛的，不要著急。

時間會給我們一個人。
一個和自己一樣，準備好了的人。
到了那個時候，一切的等待都有了意義。

73／不完美女孩

（閱讀時推薦搭配：周冬雨〈不完美女孩〉）

我不是一個很精彩的人。
生活八成就像電影裡頭那些因為太沒趣而被縮時的十秒
鐘日常。
日復一日又一日，沒有大起大落的人生。

不像言情小說的傻白甜，
摔個跤就撞上總裁。
也從沒碰過迪卡情節，
沒有高冷的直屬學長，
上廁所也總是有衛生紙。

我不是一個很模範的人。
和那些瘦皮猴好友出門吃飯，
總是打趣地笑她們：
「妳一隻猴子的身材總是吃一頭牛的食物，
肉沒長，胸一樣小，這叫浪費！」
像我打從娘胎就擁有不浪費的體質，
吃了多少就老實地胖了多少。

趕時間的時候會闖闖紅燈、
穿制服的年少時期還不懂惜字如金，
就和人說長道短，不知道文字的傷害能夠有多大、
愛錯了人就撥電話找人喝酒，酒醉了就哭，
一個字也說不清楚，就是迷迷糊糊地喊著他的名字。
像是無家可歸的孩子，儘管回家就是挨打挨罵，
可是愛情不就是這樣。願挨的少女，還是想家。

一直跌跌撞撞地到了現在，
我終於悄悄地長大。
儘管偶有失眠的夜晚，
我仍會盯著天花板失望而且憂傷。
懷疑自己是不是就要一直這樣平庸下去，
掛在牆上的世界地圖只是幻想。

不過我知道，
像我這樣沒有特別好命的女孩，
就是加倍努力。

如果有什麼事情，
是我努力過後仍然遙不可及，
那僅僅是說明了：我還不夠努力。

我知道我沒有一百分的人生呀。

可是正是因為那些在好不容易長出來的皮膚下隱藏著的
舊傷，
讓我終於因為怕疼而慢下步伐，
不再那麼不看人臉色，
也不願蓄意的傷人。
是過去那個暴戾而且強硬的自己，
讓我選擇現在要成為一個柔軟的靈魂。

以前無論什麼事情都要強出頭，
現在寧願先聽對方說。

以前認為得不到的就要搶來證明自己，
現在知道了想留下來的，自然會在。

所以我說，妳也不要擔心啊。
關於成長，我們都還在路上，妳不要慌也不要忙。

我們都是如此不完美的人，
可是有一天一定能遇到這樣的一個人，

他擁抱妳所有的不完美，
他會說這樣的妳，最美。

74／脫隊

這是一封回信，給同樣很受傷的妳。

妳願意聽聽我的故事嗎？

我遇到了一個男孩。
老實說，一開始的他並不是那麼起眼，
就是在日復一日的談話中，
不小心喜歡上他不甘平凡而且閃閃發亮的靈魂。
我確定他也喜歡我。
喜歡我笑起來的樣子，
喜歡我有話直說，
喜歡我很聰明而從不算計。

我們互相喜歡過，
在這個假情假愛盛行的時代，
很認真的互相喜歡過。

很快樂了一陣子過後，
我想要給我們的關係一個明確的定位，
我親口告訴他我好喜歡他，
他可不可以不要只是喜歡我？

可不可以從今以後好好地牽著我？

我知道以後的路不好走，
那我們就一起慢慢走。
你跌倒了也沒有關係，
我會先笑你一番再用力把你扶起來。
我很矮小可是我很有力量噢。
我會給你你從來沒有過的，
被完整的愛著的滿足感噢。

你是背井離鄉來臺北打拼的大男孩，
我可以做你的家噢。

我們在一起，好不好？

他說對不起。
他說他沒有準備好。
他說他這個時候不適合談戀愛。

我開始聽不懂了，我的耳朵進水了嗎？
談戀愛要準備什麼呢？

不是能夠好好的愛著就好了嗎？
不是互相珍惜而且尊重，
把對方當成自己人一樣有情有義的生活著就好了嗎？

水瓶座的我頭一回感覺自己真的是外星人。
怎麼眼前這個人說的話我一個字也搞不懂呢？
他怕我受傷，把話講得很輕很柔的模樣，讓我更受傷
了。

我有什麼辦法呢？
他就是不打算要愛我了。
他只想喜歡我，更明確的說，
他只想喜歡喜歡他的我，而已。
我能拿他什麼辦法呢？

如果你想知道我們後來怎麼了，
我老實給你說吧，沒有怎麼了。

我們就是很乾淨地切割開了。
也或許那就是我們原先應該要有的樣子，
只是我不願意去面對承認。

我一眼就能看出這個人會是什麼。
有些人只適合一起快樂，
有些人適合一塊兒生活。

即使後來我們什麼也不是，
喜歡他的這份心情什麼也不是，
都被擋下來了，都丟到垃圾桶了。
可我們快樂過，那時候是真的，
很快樂很快樂過，那樣就好了。

謝謝他讓我快樂過。我是這樣的心情啊。
世界這麼大，
遇到喜歡的人這麼難，
我勇敢過了，
那樣就好了。

希望妳也可以早日走出來噢！
我知道有時候會很累，對吧？
不要忘記這條路上至少還有我在，我陪著妳。
所以妳也不要脫隊太誇張了噢。

75／你要等

妳約過幾次會，可能也交出了自己的身體和心。
可是很不巧地，
妳像是活錯年代的人，
總是不合時宜，沒有談情說愛的本領。

這個城市的高樓一棟棟的往上長，
人們的步伐越發急促而制式化。
說的話越精簡，給的情越虛偽。
低頭的時間已經遠超過年少時仰望天空就能掃除陰霾的
力量。

臺北好大，妳找不到一個人去愛他。

明明身處離板南線捷運站步行五分鐘的小套房，
妳卻像是生活在郊區的人一樣，
跟不上時代，愛情的訊號總是很差。

可是妳不用引以為恥，
有時候妳和別人不一樣，

是因為妳知道自己應該要怎麼樣。

妳知道妳不能再讓媽媽吃苦及哭泣。

妳的心中暗自期望，
分娩能一直是她記憶中對妳所擁有最折騰的回憶。
她假裝喜歡啃雞骨頭嚼魚眼睛好久好久，
她年輕時比妳還懂保養，如今忙著生活任憑歲月在她臉
上玩笑話。
她一直都這麼辛苦，
再辛苦也要妳幸福，
妳怎麼可以不最愛她？

妳知道妳沒有太多青春年華。
二字頭以後的時間像是一個長跑選手，
呼吸穩定偶爾暴衝的向前直跑。
再過不久，妳多年前的同窗就要論及婚嫁。
女孩子的話題不再是韓國彩妝，
而是好市多的進口尿布正在特價。

妳會緊張，會不會就要一直落單下去？
會不會單身成習慣，習慣就成自然？
臉書的穩定單身狀態就像在嘲笑妳一樣。

不過我是覺得這沒什麼好害怕。真的。

當妳可以給自己一個很質感的生活，
甚至一個與眾不同的人生歷練，
妳就不用擔心會不會遇到相同檔次的人。

因為等到了那個時候，
妳不會要命運在轉角給妳施一點粉紅色魔法，
妳不會需要上餐館和陌生人進行一次又一次在長輩壓力
之下的聯誼。
妳不會是那個剩下的、沒人要的、被選擇的。

到了那個時候，「單身」會是妳的選擇。

因為妳已經更加明白自己要的是什麼，
那些說女生越老越沒價值，
只能依附男人的狗屁言論，
妳每一個字都能輕易推翻。

真正的幸福需要一點時間作為籌碼。
銘心的感情會值得妳付出一點代價。

所以，在那個他來以前，妳可以等。
妳要等。

76/ 愛自己

記得那天月色正美，
妳的睫毛垂垂，
說話的樣子像是做錯事深怕被抓包的壞人。

妳說沒有想到努力了還是不可以，
沒有想過自己戀愛的資質連低標都不及。
妳像是延畢了很多年的老學姐，
年復一年看著同一屆的人畢業。
朝自己人生目標下一站大步邁進，
就妳沒有長進，就妳被留在原地。

可是親愛的，
愛情不是揪出誰錯誰對的殺手遊戲。
一段感情走到尾聲，每個人都是加害者。
一根木柴也許無法星火燎原，
可妳沒有想過，三根就可以。

妳們就是這樣三人行到了這裡。

你們像是一部戲，
觀眾會配著滷味啤酒和評論，
有一齣沒一齣地跟著看，
竟也能猜出下一集劇情發展的肥皂劇。
劇情無非是妳愛他、她愛他、而他最愛自己。
典型的三角關係；三個人的愛情，任誰都身不由己。

向來恃寵而驕的他倒也不覺得可惜。
他不以為意，說他愛的是妳們兩個的總和。
他喜歡妳的自然和外放，
天氣正好的時候就找妳爬山衝浪。
她的皮膚敏感不宜久曬，他就與她看完展覽再看劇。
妳什麼都能聊，什麼樣的人都覺得妳討喜。
妳的酒量不是特別好，
不過妳的逞強會讓妳第一個起身與所有人乾杯，
也讓妳撐到最後一刻才倒下。
天快亮的週末清晨，妳搖搖晃晃的在包廂外頭嚷嚷：
「誰還要喝啊？我還可以喝啦！」
妳好有趣，他的朋友都喜歡妳。
妳好好玩，也就這麼甘願被玩。

妳一直都知道他不只愛妳。
妳不過問他所有偷吃沒擦乾淨的痕跡，
那些通聯紀錄、
暫存相簿裡的合照、
他關掉定位以後去過的地方，牽著她手去的地方……

妳以為鬼迷心竅的人仍會從鬼門關回來，
然後就會洗心革面，像新生兒一樣心存善念去愛人。

妳想多了，想得太美了。
妳在替他說話的時候怎麼沒有想過：
無法「設身處地」的人又怎麼會可憐妳？
不專一於妳的人又怎麼在乎妳所有的痛心？

他看準了妳的不計較不張揚，
野心和玩心與日俱增，
紙終究是紙包不住火，
你們不行了。

妳不行了。

可是親愛的，
身為妳的摯友，
我必須告訴妳，我不可憐妳。
我可惜妳所有的美善和才華都浪費在錯的人身上，
可那終究是咎由自取。
一個戀愛的人不是懷抱真心誠意就可以，
把對方愛進骨子裡的同時也要有骨氣。

妳的溫柔應該是在他被外面世界的風風雨雨打落了一地
沮喪時，
輕輕握住他的手，搔搔他因壓力而僵硬的後頸。

妳的溫柔應該是他終於排好假，
而妳替自己化上剛剛好的妝，
帶上一張地圖一臺相機，
和他遊走在未知的城市與巷弄。

妳的溫柔應該是在每個平凡不過的深夜，

無論是爭吵亦或親密過後，

妳會抱緊他，不帶一絲遲疑、沒有一點恐懼地在他懷裡

穩穩睡去。

妳的溫柔不應該是放縱、

貌似無所謂、

一而再再而三地，

給出妳以為妳有的大度和包容。

從來沒有人應該要愛的這麼低姿態，

妳的溫柔理應要被對方重視與寵愛。

所以我說，親愛的：

願妳下一次再去愛的時候，

不要再被欺負，不要再被占便宜。

願妳下一次再去愛的時候，
可以抬頭挺胸，站得很直的向全世界說：
「我也終於可以好好地愛人。」

願妳下一次再去愛的時候，
已經能夠先好好的愛自己。

77／愛自己・續

這個城市豢養著越來越多為愛而生的人。
他們把愛當作進食和呼吸一樣必須而且頻繁。

活著是為了去愛。
死了都要愛。

妳是其中之一。

妳用各種方式愛人，在還不懂應該如何去愛的時候。
妳就像放牛班的學生，
聽著隔壁教室書聲琅琅，
妳一個字也沒搞懂。
像初生嬰兒尋乳、
像藤蔓植物攀藤，
妳用本能談情說愛。

妳運氣很差，幾個人負了妳，
幾個人在以為就可以了的時候說對不起，
幾個人甚至稱不上人，是披著羊皮的狼，裹著人皮的畜
牲。

有時候妳哭腫著眼睛關上車門，
蹣跚上樓的步伐，
抖落在公寓走廊一地的沮喪、

有時候清晨妳從KTV包廂走出來，
一時想不起回家的路、

有時候妳很早就爬上床，
熟練地為自己暖好了棉被，
可是不知道要怎麼解決心涼，
不知道這一個晚上又要被眼淚和尖叫分割成幾段。

可是妳還是會去愛。
像小孩不怕摔一樣魯莽的橫衝直撞，
頂多就是跌斷了牙，反正還會長出新牙。
皮膚更新的速度還很快，
宿醉頭痛還是可以去赴約，還是可以馬上就進入狀況。

妳還是在每一次戀愛的時候，
都像是第一次一樣的把自己交出去，
那麼的勇敢，那麼的奢侈。

可是妳偶爾還是會納悶，
是不是哪裡做錯了？
為什麼每一次的戀愛，
自己都像是沙漠中的補給站？
有人欣喜若狂的朝妳奔來，
互取所需了一陣子過後，
對方突然想起了還有更重要的事情該完成，
妳就成了被留下的人？

妳只是想要腳踏實地的愛，
可不可以不要每一段感情都像海市蜃樓？

可是我想告訴妳：

這個時候的妳，最應該愛的人是自己。
妳努力了這麼久，妳多辛苦。
何苦折磨自己呢？
妳是這麼可愛的女孩，

妳怎麼會覺得自己不夠呢？

「要讓人信服你說的話以前，你得先充分的說服自己。」

要遇見真正愛妳的人以前，
請妳先替他好好地，好好地愛自己。

關於我自己：
一些未寄出的信，
以及自言自語，
都留在這裡。

78／Dear Dreamer

每一個人都應該懷抱著夢想，活在現實裡。

只作夢不做事的，那樣的夢終究只會是泡影。
而只做事不作夢的，生活就少了層次和意義。

敬每一個做很高很遠看似遙不可及的夢，
然後大步地踏實地向前奮鬥不屈服的你。

79／Dear Grandma

我好訝異於我愛妳。
妳是十七年前差點取我性命的人。
妳讓我失去了兩個姐姐，
妳讓我從老五成了老三，
就因為那年臺大醫生誤測我是男生。
妳是那個知道我是女生以後就不再抱著我笑的人。

妳如此刻薄，或者，孤單。

如今，
當我和姐姐在病床旁輕輕摸妳的額頭，
儘管對臺語一竅不通還是努力聽妳說的一字一句，
當我們聽到妳說：
「男孩女孩都一樣好，好好做人就好。」

原來愛真能痊癒一切傷痛，
那些沉積已久的誤會好像就都沒有關係了。

四年過去了，
願妳在天堂的日子，
一切都好。
一定很好。

80／Dear Ray

致親愛的小花苞：

以後的今天，
可能會是妳的媽咪給妳端上妳最喜歡的草莓蛋糕，
擺出滿臉的，連我也沒見過的愛的笑顏，看著妳吹熄蠟
燭。
妳的爸比會一臉小爸爸的樣子，
微微顫抖的手抓著手機捕捉妳充滿童真的臉蛋，
笑著想著：「這是我的寶貝呀。」

以後的今天，
可能會是一個男孩一早就在家門口等妳，
要和妳去坐摩天輪、
吃飯看電影、
到海邊吹吹風，

多麼俗氣的行程都沒有關係，他疼妳我們就放心。

以後的今天，可能不會是我們陪妳。

可是我要妳知道，
在外面受了傷受了委屈，
不要忘記妳還有家，還有我在這裡。
小阿姨什麼都沒有，
就有一張嘴巴能吐出萬種箴言安慰妳；

小阿姨什麼都沒有，就只會愛妳，無條件的愛下去。

小花苞，生日快樂！

謝謝妳如此美好地出現在我們的生命裡。

28 June, 2015

81／Dear Daddy

從前我認為我的爸爸是個無情無愛的人。
而那正無疑是他和媽媽分開的原因。

可是長大了以後；
在原先有五個人一隻狗的家裡，如今只有我和他了以後；
在我正要往外瘋往外闖，而他只剩下我了以後；
在他只有我了以後，我發現了。

他從不對我說愛、從不傳短訊要我好好吃飯、
可是每一天我出門前，餐桌上總是壓著遠比朋友們還要多的吃飯錢、
每一個深夜我在公車上昏昏欲睡，就快要到家的時候就會接到他的電話：
「妳在哪啊？快回家了啦！」

他的口氣粗糙而且嚴厲，可是我聽出來的是他沒有說的關心和柔情。

我的爸爸教會了我一件事：
你能想像一隻狗狗用兩腳站立，
對著你說「主人我愛你」嗎？

可當牠向你發狂似地搖著尾巴、
當牠在你疲累了一天到家以後，
溫柔的舔拭你的腳後跟、
當牠在夜很深很深的時候爬上你的床，
靜靜地豎起耳朵聽著你傾訴一天的委屈，
這難道就不是最真切的「我愛你」嗎？

有些時候，
對方沒有用你認同的方式愛你，並不代表對方不愛你。

我很幸運的沒有遺傳到任何拐彎抹角的能力，
於是如今的我時不時就會跑到爸爸的身邊鬧鬧他抱抱
他，和他說一些肉麻的話。
這個時候的爸爸，耳根子紅紅的，
用沙啞的口音輕輕吼道：「幹什麼擋我看電視啦。」

然而那粗糙的雙手卻將我扣的更緊。

82／Dear Bestie

每一個人或多或少都有那樣一兩個再親密不過的好姐
妹。

初次見面那天，
她像是在游泳池中隔壁水道的陌生人，
看著自己很吃力的划了一趟又一趟，嗆了滿臉的沮喪。
她開口吐出的第一句話就像是在救妳。
她要妳別緊張、慢慢來、不要怕，
妳從此明白不是每一個人靠近另一個人都是為了自利，
都需要目的。

之後的妳們一起去了好多地方。
妳將幾套內衣褲丟在她家，
妳的母親會用親暱的小名稱呼她。
黑壓壓的房間裡，
兩張臉湊在同個屏幕上。
他傳來曖昧的訊息，
妳滿臉緋紅的要遮掩，
她早已在一旁用無聊的玩笑話幫腔。

從小到大，期末成績單上頭對於自己的評語無非是「秀外慧中」「乖巧有禮」等字眼。

可是在她面前，妳會一邊用腳趾頭按遙控器一邊吆喝她到廚房拿爆米花、

妳會在失戀的時候乾了兩人份的酒，接著就對天空揮拳叫罵，

她看著妳的眼神像是看透了妳千瘡百孔的靈魂，

像是說道：「我們都什麼交情了妳還要在我面前逞兇啊？想哭就哭啊，我在啊。」

廁所裡頭，妳的嘔吐聲幾乎要蓋過她咬牙啜泣的聲音。

她一臉小媽媽的模樣，

看著自己的小寶貝在外頭遭人欺負，

她知道這是過程，

不是每個人都同她一般善良，

跌倒也能是另一種成長。

可是她還是偷偷的掉淚，

原來是她早就已經將妳看作是她的責任，

她受不了妳受傷。

她要妳好好的長大。

83／Dear Flora

我聽說你在哭泣，我要想想辦法逗逗你。

我要買一袋，你最喜歡吃的東西。
可是我忽然才想起來，我竟然，不曉得，
餅乾或巧克力，什麼才是你最愛的零食。
我要輕輕地爬到你的床邊，替你哼一首曲。
可是我忽然才想起來，你笑著說過，
說我的聲音，在閉嘴的時候最好聽。

我要買兩張機票，割愛讓你靠窗看雲。
我們一起飛，到哪裡都可以，可能就，
不回來。你不想面對，我會帶你逃離。
可是我忽然才想起來，我沒有很多錢，
沒辦法帥氣而且瀟灑的，帶你離開這裡。

我該怎麼辦呢？
我該怎麼辦呢？

我想了又想，不知不覺就走到你家附近。
我敲了敲門，三聲以後沒有反應。你說過：
沒關係。我可以自由進去。可是我更想要，
能夠，自由地進出，你的心裡。

我想要用我唯一的力氣，可能要很努力，
把陰霾掃去、把悲傷掃去、把痛苦掃去、
把你的不開心通通打包，
丟進無邊無際的大海裡。

他們不要再回來。
他們不要再回來。

誰都不可以再傷害你，
我會好好的，好好的看著你。

You'll be safe my darling, you'll be safe.

84／Dear Jennifer

致珍妮花：
寫給我們的遠距離友情。

想起三年多前的那個晚上。
妳說要去美國念書的時候，
我哭著拜託妳不要離開，
我就像是同居了好一陣子，
已經習慣彼此的生活作息，
習慣妳粗糙的鼻息了以後，
忽然被不要的男朋友。

說著這個地方沒有妳我該怎麼辦，
不要留下我，甚至是妳執意要走的話，拜託也帶著我。

可妳還是走了。

另外意料之外的是，妳離開得越久，我越是能夠明白：

我們的友情不只是建立在打卡地標的多寡。
重要的是，我的心就在妳那，它跟著妳看遍大洋。
這個世界還不夠大，怎樣也沒辦法拆散妳和我。

我們見不到面，可是妳會從前視訊螢幕那一頭看我，
就看見我還沒有說出口的我們分手了。
妳聽著我哭，十分鐘半個小時一個小時，
妳什麼也沒有說，我卻什麼都好了。
就像過去那樣，有妳在就好了。

人人口耳相傳必去的餐廳，我替妳留在記事本了。
那麼早去跟風做什麼？
我相信有些地方不是一定要去，
和對的人去才會哪裡都有趣。

我隨口嚷著想要的小東西，
沒有幾週就飄洋過海地來。
捧著的包裹，手心是熱的。

「欸，所以臺灣離美國到底多遠啊？要飛很久嗎？」

「滿遠的啊，妳高中地理沒學好喔。」

「不是啊，對我來說又不重要，我覺得我們不遠就
好。」

親愛的遠距離好友，我想告訴妳：
雖然有好多年都沒有辦法一起倒數新年煙火，
以及吹熄生日蛋糕上年年俱增的燭火，
可是沒有關係。

等我們都長大了以後，
要住在這個偌大城市中同一個街區裡，
夜夜看萬家燈火。

85／Dear the Bisexual

致迷惘的雙性戀者：

你沒有辦法再成為你已經是的人，
也沒有辦法不成為。

為自己感到驕傲，
無關你愛男人或者女人。

86／Dear My Girlfriend

這是一封情書，
寫給妳，我的女朋友。

從沒想過自己會依戀上一個性別相同的人。
初戀給了男人、初吻給了男人、處女膜給了男人、
痛苦和眼淚也都給了男人。
「同志」一詞就像是一朵被放在溫室的玫瑰，
美麗又危險，需要被支持愛護卻也複雜地不該涉入。

可是我遇見妳了，像是男孩子的妳。

一開始喜歡上妳的時候，
一切還是那麼的不張揚不經意。
因為沒有想過會是妳，怎麼可能會是妳？

和妳認識了以後，有段時間，
我對女孩們的情事特別敏感有興趣。

看了幾部同志電影，
看出了女孩子交往並無奇異，
不過是比男孩們多了些柔軟細膩。
看出了妳看著我的眼神，

像是瞧進了我心裡。

妳知道我過去的悲傷和荒涼，
妳要我慢慢來，不要害怕，
無論如何，妳不會要我受傷。
妳好像想要很堅強。
可同樣身為一個女孩，我知道的。
我們都有第二十三條染色體賦予的纖細敏感，
可能就連我們的孫子都還盼不到真正平權的日子。
我們生而弱勢，
可是我們不會，也不能放棄。

我想告訴我的「男朋友」：

以後的日子還長，難過的時候，
妳可以就倒在我懷裡哭的像個小孩。
開心的時候，也可以就頂著一張紅噗噗的臉像個少女。

妳可以有時候也赤裸而且脆弱。

妳可以有時候，

放心的做一個女朋友，我的女朋友。

87／Dear Anyone Who Wants to Be Fearless

讀過了很多則讀者回饋訊息，
才知道原來很多人都活在害怕裡。

害怕不被喜歡、害怕離別、害怕失去、
害怕在三個人的小圈圈裡自己會是最先被放棄的那個、
害怕過去同時也害怕未來。

我也曾經患得患失怕東怕西。
兩個姐姐年齡相仿，湊在一起玩什麼都有趣，我從小就
多餘。
應該要是無憂無慮玩木馬聽巧連智的年紀，
我在離家很遠的地方騎三輪腳踏車，
幫被爸爸趕出家門的母親賣早餐，
手裡捏緊著五元十元的銅板，
掉了一個就是弄丟了下一餐。

我看著母親在煎檯前翻炒著培根蛋，
好像沒錢上幼稚園也沒有關係，
也不為自己感到特別可憐兮兮。

一直到了該上學的年紀，
我就像是一顆宅配到北上的皮球，
媽媽實在負擔不起了我，
爸爸於是嘆氣地接手。

至此的所有不幸運對我而言都是日常，
不足以掛齒甚至大驚小怪的事情而已。

然後我就被排擠，
在制服上繡著學號姓名的那些年裡。
我被言語欺凌被說的很難聽，
他們好手好腳的就是沒有長好良心，
我希望他們不會難過，
如果以後他們的孩子也被這樣子輕蔑和霸凌。
以上這些都不是伊索寓言或小故事大道理，
是我的人生，一刀未剪且一字不假。

而如今有人會像找我開示般地對現在的我說：

「羨慕妳對於感情看得很開。」

「想和妳一樣不那麼在意別人說什麼。」

「想知道失去該怎麼快點走出來。」

我只能說，
如果你的人生從頭到尾都在習慣失去，
那麼失去也就只是剛好而已。

你不該只去專注於你失去了什麼，
去看你能彌補、掙回、獲得什麼？
去看你努力了多少、有長進了沒有？
不要總是懼怕，那是弱者的事。

我把我的故事告訴你，
是要你知道現在我的剛毅不摧，
中間曾經歷了多少的痛徹心扉。

是要你知道你不會一直痛苦和無助，
只要你願意，踏出一步也是進步。

是要你勇敢地走下去。
前方幾里漫漫長路，
途中困難不會少，

你只要勇敢，
不要怕。
不要怕。

88／Dear Mr. Bully

曾經有一段日子，我害怕上學。
我被排擠、被無視、被當作眾矢之的。
那些日子，
我不敢自己一個人去福利社、去尿尿、
不敢一個人在走廊上晃來晃去。
我害怕被大家知道我沒有朋友，
我害怕原本不討厭我的人，
也會因著人群效應而跟著說我幾句閒話；
那些他們不痛不癢就可以脫口而出的話，
都像是利刃，在我心裡一刀又一刀地劃。

再來的日子我被現實逼著要去面對，
面對那些冷言冷語、
那些嘲諷還有網路上若有似無的謾罵，
我被逼著要一個人去廁所、一個人換體育服、
在老師說分組的時候，我要等人分完了才輪到我，
我像是劣等貨，只能撿剩的。
喔不，我就是被剩下的。

很可怕吧？

可是這些噩夢般的日子終究是過去了。

我活過來了，不僅僅是重生更是昇華了。

我很慶幸那時候的自己沒有執意要與自己不投合的人瞎
攪和；

我很慶幸我這麼早就學會了寂寞並且享受孤獨；

我很高興我是現在的我。這就是我。

我想說的是校園裡類似的事情再平常不過了。

我心疼每一個曾經或如今都正在煎熬的你們，

可是你要知道，你過去了，就過去了。

我們可以跌倒，可是不要被打倒。

我們可以重重地摔跤，

可是要記得接下來的路要穩穩地走好。

我們可以哭到不能自己，

可是說什麼也不要放棄自己。

89／Dear the Past

在很冷的時候總會想起來，
那些舊時光裡的你和你們，
那些以為我耐得住冷的人。

他們的話可不只是風涼話如此而已，
是如雪球或者冰雹一般襲來，
打得我差點就要站不起來，
流下的不知是鼻涕或眼淚，
留下的從來就只有自己。

我想說的從來就不會是顧影自憐的我好恨，
也更不會是官腔的謝謝你們讓我學會堅強。

可是真的多虧了你們。

多虧你們向我撒下的冰霜，
使得我發願要做一個太陽。

Hey，

看到這裡的你，能感受到一絲絲溫暖嗎？

90／Dear Women

這個社會給女人太多的規範以及想像。

妳應該要打扮得體，
走出了門就該多穿一些外衣，
否則他們會想要強暴妳；

妳不應該說髒話，
不應該讓塵土弄髒手，
不應該幹粗活，
這些事情只有男人能做；

妳不應該自己買奢侈品，
與其自己花錢不如多使些心機，
讓男人爭先恐後的寵妳；

妳要會做飯，要會包尿布顧小孩，要會打理家裡。
妳如果適合短髮就不要再耍花樣嘗試長髮，
妳如果有了一雙耐穿的鞋就不要再浪費錢買更多的鞋，
妳如果一直談錯感情就應該檢討自己。

妳不可以。
妳應該要。
妳不可以。
妳必須要。

可是我只想說：
去你的，
沒有錯，
去你的。

Fuck it. Fuck all of you who wants to tell me what is right and
what is wrong.

倏地想到一句讓我很有共鳴的話：

It amazes me that there are legal nipples and illegal nipples in the
same world.

憑什麼？Fuck it.

91／Dear Mongolia

回來是回來了，
仍心心念念著那塊綠地。

二零一七年八月十二號到二十七號，整整十五天。
沒有想過可以完成的事，
居然也靠著自己都完成了。

說來也好笑，在到達那裡三、五天以後才知道原來自己
是踏在蒙古國，
那個當初朋友問我：「到底是去內蒙還外蒙啊？」
我不以為然的說著：「當然是內蒙吧！外蒙不是自治區
嗎？感覺很偏僻欸死在那都沒人知道。」
真是謝天謝地，我活蹦亂跳地回來了。

蒙古的正午風光明媚、
逼近零度的清晨、
遲了些黯淡的黑夜，
每個時刻都是那麼珍貴而且美麗。
也曾經和教會去過臺灣偏鄉陪伴孩子，

可這一次就是感覺那麼地深刻而且令人留戀，
不可思議的想要就一直在那裡和孩子們快樂下去。

有人說出走需要勇氣，
一個人的遠征尤其是。

可我認為，出走要的只是決心。

當你心有不甘，不甘於這樣的生活，
這樣的日復一日毫無長進，就出去吧。

去看看這個世界遠端，
上帝為你準備的土地；
去看看異國的花草樹木，
去品嘗異鄉的民俗文化；

那些過去痛苦著你讓你夜不能寐的事情，
好像就也不那麼重要了。

當你眼前有一片冰河、火山，抑或是熱帶雨林
等著你用眼睛貪婪的去享受和捕捉，
前男友劈腿三百次的事情難道還足以掛心？

當你把時間拿去「外面」向外發現、探索、成長，
「裡面」的垃圾就會在不知不覺中消失的。

這趟旅行未必給孩子們帶來什麼，
可我卻是滿載而歸，富足且滿足地回來了。

其實還有很多話想說，
是說也說不完的感動，
說也說不完全的美好，
就放在心裡重要的地方吧。

願那些感染於我身上的善良、單純、美好
也能加諸在看到這篇文章的你們　祝好

27 August, 2017, 4:45a.m. 北京機場

92／Dear Amber. L

這一年的人生發生了不小的轉變，
不是太令人期待的那種。

有些負面的能量一時很難抒發，
過了一些時間才稍稍釋懷，
把悲傷化為食量⋯⋯喔不，
化為文字替壓抑的情緒伸張。

這一年我花了很多時間在找尋自己，
在試著要喜歡自己，在往不確定的目標緩慢前進。

可是我沒有發現的是，
喜歡自己曾幾何時變成一件需要努力的事情？

有時候我真天殺的想念兩年半前在臺灣各處跑攤、寫
字、收卡片、無處是陰天因為你們總讓我暖和到不行的
日子。

或許那時候沒有什麼錢、沒有免費的商品能寫業配，
只能在國文課本底下偷偷編手鍊、在晚上九點返家的校
車上面，塞上耳機重複播放著張懸的歌找尋靈感、在每
週五的午飯時間，提著母親替我送的清心珍珠綠茶和一

個雞腿便當，那樣就足夠快樂了。
以前的快樂好簡單。

我不快樂了好一陣子，而我選擇不要再這樣下去。
年輕不應該是被揮霍的本錢，
年輕應該要是你更加謙卑進取的動力。

人家三十歲才起頭，
你若二十歲就能起頭，
就還有十年能夠顛簸。
我跌跌撞撞了一整個年頭，
只有兩字心得，該死。
這條路走得特別慢也特別痛，
沒當過兵彷彿都能嘗到天堂路的苦。

希望有天我們都能喜歡自己。
在某一剎那間，很不小心的那種。
因為喜歡自己這件事，本不就應該在漫不經心時發生？

微小說：

用第三者的角度寫日記，

詮釋我愛你。

93／壹

以後的他們的關係，
最常聽見的是她平靜地對朋友們說沒有關係。

他既好看又聰明，
是有資格選擇，
有本事說不要就不要的那一型。
他在城市裡最高級的地段置產，
他的名片只與政商名流交手，
他一句話也不用講，
笑起來就是滿臉的驕傲。

他身邊的女人來來去去，像是宮女、像是嬪妃、
又或更準確一點，像是流浪狗、像是被家暴過的孩子。
她們對他百般討好，
裝作很開心裝作一切都很好，
不要被不要就好。

他一直高高在上的生活著，直到遇見她。

她在市郊的醫院做心理治療科護士。

她個性溫順可是有原則，

她敏感、喜歡寫日記，字裡行間都是詩。

她過得很簡單，

公寓的原木擺設一目了然，

比起大魚大肉她更喜歡粗茶淡飯。

多年前，在她務實地計算過後，

她養了一隻狗，從此她的世界就再也不用愛情。

她不要多餘的東西、

不要有期限的東西、

不要會讓自己破碎的東西。

譬如鮮花、譬如微波食品、譬如愛情。

她一直穩穩當當的生活著，直到遇見他。

94／貳

他們第一天相遇的時候，
他看著那女人看著自己的眼神：
那澄澈的瞳孔裡沒有肉體的欲望，
沒有認出了他是誰以後，
隨之而來高八度假音的阿諛奉承。

她的眼神直通通的穿透了他千瘡百孔的靈魂，
像是泡了藥水的紗布，完整覆蓋他不讓任何人看見的傷口。
她的目光游移在他身上，
反反覆覆，不帶情感，
在溫柔與刺痛之間達成極佳的平衡。

這是他的第二次，
第二次他對一個女人真正動了心。

〈二零一二年五月三號〉

今天下班之後，我散步到離醫院五個街口遠的小酒吧小酌。

週五的晚上就是這樣，適合一個人待著，一個人又怎樣。

剛沉浸在獨自飲酒，那寂寞又溫暖的古怪氛圍裡沒有多久，

酒吧木門唧唧聒聒的開了。

「真該上油了。」我想。

隨即而來的，果真，是我最不想見的畫面。

一群看上去從市區來的男男女女，

是什麼也不會，最會道人長短的組合。

我用打趣的眼神掃過他們幾回……

說也奇怪，那之中有一人就像是那群猴子的指揮官，

女人圍在他身邊用嬌滴滴的語氣爭相為他添酒，

男人一個個上前和他談話，

說話時手舞足蹈的模樣像是沾了他的光一樣。

我不禁好奇的盯著那個男人。

他的眉角分明，

顴骨有些明顯，

臉頰在昏黃的燈光下浮著剛剛好的油光。

他的眼睛笑彎的樣子讓我想起了老家的月亮……

好漂亮。

「像這樣人前完美的男人，人後一定是個心理變態。」

我暗忖。

沒有辦法，

在醫院待久，

已經看過太多例子了。

我回過神來，發現他也正盯著我看。

他的眼神，像是餓虎伺機要撲羊，

像是要把我剛才所有思緒都掏空一樣。

他看著我，熱切、激情、懇求的看著我。

他想要什麼？我有什麼？

95／參

〈二零一二年五月四號〉

就在剛才，他離開了。

後來的事我不記得了，
只記得在酒吧裡他朝我走來，
筆直的自信的朝我走來，
像是世界末日來臨一般我感到呼吸急促幾近窒息。

說了什麼我不記得了，
只記得他一開口我們就像是班上的優等生，
說著沒有人懂的密語公式和難題，
酒吧的鎂光燈就打在我們這裡。

我們笑得好像一輩子的快樂就為了彼此留到那一晚然後
一次用盡。

我實在太開心，不小心喝過頭了。
他於是紳士地提議送我回去，
可那話裡的意思我想我們都心知肚明。

回家的路上他的手攬扶我的腰間、
進門後他褪去我的大衣、
他的脣瓣輕吻我的睫毛，
抖落了一地矜持、
我的指甲幾乎要嵌進他的後背、
我們鼻尖互碰呼吸著彼此的酒氣、
我們親愛彼此，以不相愛的方式親愛了彼此……。

在他粗沉的呼吸聲略轉平穩後，
我起身替自己倒一杯水喝。

坐回床邊，我看著眼前這個男人：
他的胸肌微微隆起，有著好看的弧度、
他的嘴巴真適合溜出一口流利的義大利方言、
他的手指纖細卻比想像中有力氣……
一個個思緒在我心頭閃現，
直到最後一個念頭、
直到我聽見他含糊的喊著：E……EVA。

那不是我的名字，可我愛上他了。
他是有家室的人了，我愛上他了。

96／肆

這不是偶像劇或微電影，
他們的關係並沒有起了戲劇性的變化。
往後的日子，他在更多的女人之間流連。
他想要用罪惡感忘記她，像多年前一樣。

而她，她開始在空閒時間和男人約會。
她是不需要愛情，
可是她始終相信：
忘記舊的人最快的方法，就是讓新的人進來；
愛情造成的空，只有愛情能夠填補。

〈二零一二年六月三號〉

我真是不敢相信僅僅一個月的時間我已經和三個不同的
男人約會。
但我深刻明白：那並不像那時我和他的約會，差得遠
了。
這樣子的約會更像是狩獵，
我在尋找他的影子。
我用看他的眼光檢視其他人。
我想要愛上像他一樣的人。

我好想他。

我想愛他。

〈二零一二年六月二十三號〉

和同事參加品酒會，認識了一個男人。

他叫Daniel，在貿易公司做經理，

喜歡音樂衝浪和品酒，沒有不良嗜好，不是心理變態。

嗯還有，他和他笑起來的樣子有幾分神似。

Damn……怎麼可以，怎麼又想到他了。

〈二零一二年七月二十八號〉

Daniel向我提出以結婚為前提的交往。

我沒有拒絕的理由吧……。我有嗎？

該忘記他了，我可以的，沒問題的。

97／伍

他也真傻，真以為這樣就可以忘記她。
他不想要承認自己愛上的不只是她的肉體，
因此再年輕曼妙的女人都比不上她。

在好多個夜晚，
在歡愉過後、
在人群散去以後、
在托著酒杯的手再也承受不了更多了以後，
他在沉沉的夢裡頭總會見到她。

像是命中註定一樣，他們在好多不同的地方再度相遇。
他的道歉都還沒有說完她就已經先說我原諒你了，
我早就已經原諒你了。
然後他們就和好如初，
他們就可以再愛，
給了彼此給也給不完的愛。

「別鬧了……都是狗屁……。」
他清醒以後，對著夢境裡頭很幸福的自己咕噥著。

他不是不想要愛情，
只是在經歷過如此的悲慟以後，
他彷彿已經失去了愛人的能力。
他不想要陷進去以後發現自己交不出去自己，
他不想要終於愛上一個人以後就準備要失去，
他不想要再見到她，他怕自己就要愛上她。
又或者他已經愛上她，他不能再愛的更多，
再多就複雜了，再多就會恨了。

可是命運總是由不得自己。

反覆蹉跎了五個月以後，一切又重新開始。
同樣場景同樣燈光下，他們相遇了。
像是彩排好的畢業典禮，
從布置到來賓再到臺詞，一切都走的井然有序。

她率先開口，打破了寂靜。

98／陸

那一天晚上，
她告訴他，她交了一個男朋友。
有機會再讓他們認識，說不定能談筆合作生意。
她說話的樣子小心翼翼，像是知道他會為此傷心。

她不知道的是，他大概是愛上她了。
上一次，當他踏出她的家門時他想著：
再一次見到她的時候，
要是自己準備好了的時候。

他大概是愛上她了。
他愛她的聰明，她是可以和他討論股市以及政局動向的
女人。
這些年來，披著人皮的哈巴狗他見多了，
他愛她即使沒有他也可以的樣子。
他愛她的外表，她是越看越有味道的女人，
他想要一直看下去，
一天一天然後年復一年。

他幾乎已經可以想像以後的日子，
那些有她的日子。

他們會到別的城鎮定居。

那種隱匿在鄉村裡的、動物比人多的、簡單一點的，
最好是一點污染與人為破壞也沒有的。

他們會買下一棟屋子，
前院有個花園讓她布置，
房子不要再用摩登的擺飾，
她喜歡原木那就全部改用原木來裝飾。

以後的他們會生下小寶寶，會哭也會笑的，
頭腦簡單四肢發達也沒有關係，健健康康就好的。
他們會有個家，終於有個家。

99／柒

可是，可是他們就這樣錯過了。

好些日子過後，
好久不見彼此以後，
他從同事口中溜進她耳中。

那時愛上他的感覺仍然波濤洶湧，
可她只能盯著自己無名指的鑽戒，
惋惜著，也可能在心底深處，後悔了。

〈二零一三年二月一號〉

好久沒有聯絡了，你過的好嗎？

你怎麼這麼傻，你愛我你早說嘛。

我聽說了，原來今天是你前妻的忌日啊。
願她、她肚子裡還來不及出世的寶寶，
以及你，都能夠幸福。

這是我最後的祝福。

Amore, ti voglio bene.

國家圖書館出版品預行編目資料

安柏説／Amber. L著. --初版.--臺中市：白象文
化，2018.7
　　面；　公分
ISBN 978-986-358-623-4（平裝）

855　　　　　　　　　　　107001181

安柏説

作　　者　Amber. L
校　　對　Amber. L、林金郎、黃麗穎
專案主編　黃麗穎
出版編印　吳適意、林榮威、林孟侃、陳逸儒、黃麗穎
設計創意　張禮南、何佳諠
經銷推廣　李莉吟、莊博亞、劉育姍、李如玉
經紀企劃　張輝潭、洪怡欣、徐錦淳、黃姿虹
營運管理　林金郎、曾千熏
發 行 人　張輝潭
出版發行　白象文化事業有限公司
　　　　　412台中市大里區科技路1號8樓之2（台中軟體園區）
　　　　　出版專線：（04）2496-5995　　傳真：（04）2496-9901
　　　　　401台中市東區和平街228巷44號（經銷部）
　　　　　購書專線：（04）2220-8589　　傳真：（04）2220-8505
印　　刷　基盛印刷工場
初版一刷　2018年7月
初版二刷　2018年8月
初版三刷　2018年9月
定　　價　300元

白象文化　印書小舖 PressStore　出版・經銷・宣傳・設計
www·ElephantWhite·com·tw　f 自費出版的領導者　購書 白象文化生活館